中国教化楹联精选

江苏省重点出版资助项目

主编 裴国昌

编委 孙德高 吴平芳 童心
裴锋杰 裴云章 裴斐

南京师范大学出版社

图书在版编目(CIP)数据

中国教化楹联精选 / 裴国昌主编. —南京：南京师范大学出版社，2015.11
 ISBN 978-7-5651-2180-7

Ⅰ.①中… Ⅱ.①裴… Ⅲ.①对联－作品集－中国 Ⅳ.①I269

中国版本图书馆 CIP 数据核字(2015)第 133585 号

书　　名	中国教化楹联精选
主　　编	裴国昌
责任编辑	李艳玲
出版发行	南京师范大学出版社
地　　址	江苏省南京市宁海路 122 号(邮编:210097)
电　　话	(025)83598919(总编办)　83598412(营销部)　83598297(邮购部)
网　　址	http://www.njnup.com
电子信箱	nspzbb@163.com
照　　排	南京理工大学印刷照排中心
印　　刷	南京大众新科技印刷有限公司
开　　本	660 毫米×970 毫米　1/16
印　　张	15.25
字　　数	212 千
版　　次	2015 年 11 月第 1 版　2015 年 11 月第 1 次印刷
书　　号	ISBN 978-7-5651-2180-7
定　　价	36.00 元

出 版 人　彭志斌

南京师大版图书若有印装问题请与销售商调换
版权所有　侵犯必究

弁　言

教化一词,最早出现在我国的《毛诗序》"美教化,移风俗"诗篇中。就教化一词的内容来分析,大致有这样三重解释:其一是政教风化,其二是教育感化,其三是环境影响。上述三种内容,显然都是与教育有关,但它又不同于一般校园里授受、释疑和解惑的教学范畴。学校教育是一种授受关系,是老师在讲,学生在听,教学内容在于增长智慧,普及科学知识,掌握生产生活技能等。莘莘学子为了一个"学而优则仕"的目的,十数年如一日地专心致志地听讲,希冀学业有成,投身到祖国建设中去,报效祖国,服务人民。

而教化的内容,和教育有着许多不同,教育是在校园里进行,而教化是在社会大课堂进行的普及全社会的一种道德修养,它遍及每个人的生活领域,其目的不仅仅是传授知识,而且要深入社会各阶层,涉及社会人文、意识形态、道德取向等的生存理念。对于千奇百变的纷纭世态,可以通过教化"教而化之",使社会得到和谐,达到一种无为而治的目的。

关于教化的核心内容,无疑是通过潜移默化的社会环境,现身说法地指明人生观、价值观、世界观,为事兢兢业业,为官清正廉洁,只有这样,你才能立于不败之地。

诚然,教化也包涵教育,每一位师长都希望学生虚心、勤奋,学成之后,担负起建设国家的重任。"欲知千古事,须读五车书",求学将以致用,要读有益身心的好书。学生如此,当官的更应该清正廉洁,一尘不染,要始终遵循"一腔热血倾事业,两袖清风为人民"的信念;牢记"公事公言,我行我素;尔俸尔禄,民脂民膏"的准则。中共中央总书记习近平同志于

中国教化楹联精选·弁言

2013年11月26日在山东省菏泽市召开座谈会时,给市、县委书记们念了一副楹联,联曰:"吃百姓之饭,穿百姓之衣,莫道百姓可欺,自己也是百姓;得一官不荣,失一官不辱,勿说一官无用,地方全靠一官。"(该联现挂于河南省内乡县衙博物馆内,为清康熙时内乡知县高以永所题。)习近平总书记语重心长地用楹联中的内容,浅显地解释了官民之间的关系。并说:封建时代的官吏,就能有这样的认识,作为今天的共产党干部理所当然地要更好地亲民爱民,应视人民为衣食父母。

  楹联的形式短小精悍,用辞文白参半,达意浅显易懂,韵律优雅简洁,诵读铿锵有力,逻辑条理鲜明,是我国传统文学中的佼佼者,被誉为"东方文化的明珠",是文化领域古为今用的典范。也是人民文化生活中不可或缺的一种文学样式和重要组成部分。除此之外,楹联还是口头文学和卷本文学的结合体,亦是古典文学和大众文学相互依存的典范,同时楹联还借助于我国书法艺术的表现手法,使其具有其他文学样式所无法比拟的书、义并茂的艺术效果。从古到今,被广泛地运用和推崇,成为大家喜闻乐见的文学品类。

  《中国教化楹联精选》是从历代浩如烟海的楹联史料中筛选、辑录的有关教化的楹联,编者对其进行了缜密的诠释,认真的勘误,甄别每一副楹联的文学价值和史料价值,使其成为一本融道德、修养、勤学、励志为一体的德育教材,使楹联文化在新的历史时期里,为我国社会主义建设和实现中华复兴梦,做出应有的贡献。《中国教化楹联精选》的正式出版发行,无疑是拓展了楹联文学作为实用文体的社会功能,为我国反腐倡廉、建设社会主义核心价值观的治国方略,敬献了绵薄之力。

  《中国教化楹联精选》设置了"国事篇""家事篇""人事篇"三个主题,以此来归纳全书的内容要旨,使其成为我国楹联文学分类学科中有关德育教化的新课题。由于编者的学养有限,书中难免有不当之处,敬希广大读者、楹联文学爱好者,不吝赐教!

张国昌
乙未阳春月题于金陵

目录

弁言 … 1

国事篇

廉政联 … 3
治军联 … 68
忠义联 … 80

家事篇

治家联 … 93
孝道联 … 110

人事篇

治学联 … 115
修养联 … 183
处世联 … 217

国事篇

廉政联
治军联
忠义联

廉 政 联

一身正气；
两袖清风①。

【注】① 一身正气，两袖清风：指光明正大的作风，或纯正良好的风气。

一尘不染①；
两袖清风②。

【注】① 一尘不染：佛教谓色、声、香、味、触、法为六尘，修道者达到真性清静，不被六尘污染，为"一尘不染"。后多用以形容清正廉洁，品格高尚。宋·张耒《腊初小雪后圃梅开》诗之二："一尘不染香到骨，姑射仙人风露身。"
② 两袖清风：形容居官清廉，没有余财。

法治①天下；
春满人间。

【注】① 法治：谓根据法律、政策来治理国家。与"人治"相对。《晏子春秋·谏上》："昔者先君桓公之地狭于今，修法治，广政教，以霸诸侯。"

祛邪①扶正；
除暴安良②。

【注】① 祛邪：驱除邪恶。《明史·高攀龙传》："臣恐陛下有祛邪之果断。"
② 除暴安良：铲除强暴势力，安抚善良百姓。

秉公①执法；
治国安邦。

【注】① 秉公:主持公道,按法律办事。明·张居正《谢召见疏》:"而人臣之道,必秉公为国。"

秉公执法;
铁面无私①。

【注】① 铁面无私:形容公正严明,公事公办,不讲情面。

与民同乐;
合境①安宁。

【注】① 合境:全境,全境的人。《北齐书》:"……合境号为神明。"

严行①法治;
喜见民安。

【注】① 严行:严厉地进行。

清心①似镜;
执法如山②。

【注】① 清心:指居心清正。
② 执法如山:谓执行法令坚定如山,毫不容情。《明史·杨涟传》:"及纪(王纪)为司寇,执法如山;羽正为司空,清修如鹤。"

审明曲直①;
判决是非。

【注】① 曲直:是非;有理无理。《荀子·王霸》:"不卹是非,不治曲直。"

千秋业绩①;
一代风流②。

【注】① 千秋业绩:谓千古之功绩。千秋,泛指很长久的时间。

② 风流:遗风;流风余韵。《汉书·赵充国辛庆忌传赞》:"其风声气俗自古而然,今之歌谣慷慨,风流犹存耳。"

九州安定①;
万众齐心②。

【注】① 安定:指平静正常。明·张居正《再辞恩命疏》:"卿受遗辅政,有安定社稷之功。"

② 万众齐心:即"万众一心"。谓千万人一条心,形容团结一致。

上循天理①;
下合人心②。

【注】① 天理:宋代理学家把封建伦理看作永恒的客观道德法则,称"天理"。宋·朱熹《答何叔京》之二八:"天理只是仁、义、礼、智之总名,仁、义、礼、智便是天理之件数。"亦泛指道义。

② 人心:指人们的意愿、感情等。《易·咸》:"圣人感人心,而天下和平。"

化民成俗①;
弊绝风清②。

【注】① 化民成俗:教化百姓,使形成良好的风俗。《礼记·学记》:"君子如欲化民成俗,其必由学乎。"

② 弊绝风清:弊害之事绝迹,社会风气才会变好。语出宋·周敦颐《拙赋》:"上安下顺,风清弊绝。"

澄清吏治①;
严肃官常②。

【注】① 澄清:谓肃清混乱局面。《后汉书·党锢传·范滂》:"滂登车揽辔,慨然有澄清天下之志。"吏治,指官吏的作风与治绩。

② 严肃:谓严谨而有法度。《北史·周宗室》:"文帝诸子并幼,遂委以家务,内外无不严肃。"官常,即官规。

上行下效①；
大法小廉②。

【注】① 上行下效：在上者怎样做，在下者就跟着学。语出汉·班固《白虎通·三教》："教者，效也，上为之，下效之。"
② 大法小廉：谓大臣尽忠，小臣尽职。语出《礼记·礼运》："大臣法，小臣廉，官职相序，君臣相正，国之肥也。"

与民同乐①；
为国分忧。

【注】① 同乐：一同欢乐。《新唐书·魏元忠传》："人有乐，君共之，君有乐，人庆之，可谓同乐矣。"

为政①以德；
其命维新②。

【注】① 为政：治理国家，执掌国政。《诗经·小雅》："不自为政，卒劳百姓。"谓治国要施以德政，不要劳民伤财。
② 维新：谓乃始更新。语出《诗经·大雅·文王》："周虽旧邦，其命维新。"后泛指改变旧法，推行新政为维新。

先公后私；
舍己为人①。

【注】① 舍己为人：亦作"舍己从人"。谓放弃自己的成见，服从大家的公论。《书·大禹谟》："稽于众，舍己从人。"孔颖达疏："考于众言，观其是非，舍己之非，从人之是。"

国正天顺①；
官清民安。

【注】① 天顺：即天从人愿。谓事情的发展恰如人的愿望。

实事求是；
大公无私。

兴利除弊；
除旧布新①。

【注】① 除旧布新：革除旧的，建立新的。《左传·昭公十七年》："冬，有星孛于大辰，西及汉。申须曰：'彗，所以除旧布新也。'"杨伯峻注："彗为扫帚，所以去尘，故云除旧布新。"

克勤克俭①；
为国为民。

【注】① 克勤克俭：既勤劳，又节俭。《旧唐书·张允伸传》："允伸领镇凡二十三年，克勤克俭，比岁丰登。"

胸怀国计；
心系民生。

大公①无私；
推己及人②。

【注】① 大公：极其公正，即大公无私。谓公平正直，不徇私枉法。
② 推己及人：谓以己之心度人之心。朱熹《与范直阁书》："学者之于忠恕，未免参校彼己，推己及人则宜。"

民安国泰①；
政简刑轻。

【注】① 民安国泰：人民安乐，国家太平。

民不妄取①；
道不拾遗②。

【注】① 妄取：不当得而得，不当取而取。汉·董仲舒《春秋繁露·五行相胜》："侵伐暴虐，攻战妄取。"
② 道不拾遗：亦作"路不拾遗"。谓路有遗物无人拾取，形容刑法严峻或民风淳厚。一般与"夜不闭户"并用。

讲信修睦①；
选贤与能②。

【注】① 讲信修睦：讲究信用，睦邻修好。
② 选贤与能：选拔任用贤能的人。《礼记·礼运》："大道之行也，天下为公，选贤与能，讲信修睦。"

宽以济猛①；
俭以养廉。

【注】① 宽以济猛：即"宽猛相济"。谓宽松和严厉相互补充。《左传·昭公二十年》："仲尼曰：'善哉！政宽则民慢，慢则纠之以猛；猛则民残，残则施之以宽。宽以济猛，猛以济宽，政是以和。'"

愿闻己过；
求通民情①。

【注】① 民情：民众的心情、愿望等。

拨乱反治①；
除暴安良。

【注】① 拨乱反治：亦作"拨乱反正""拨乱为治。"谓治理混乱的局面，使其恢复正常。语出《公羊传·哀公十四年》："拨乱世，反诸正，莫近诸《春秋》。"

为官一任；
造福四方。

文明和谐；
民主富强。

一年春作首；
万事理当先。

文章千古事①；
忠国一生心。

【注】① 文章千古事：唐·杜甫《偶题》诗："文章千古事，得失寸心知。"

无私德乃大；
不欺①心自安。

【注】① 不欺：即"不欺暗室"。谓在无人看见的情况下，也不做昧心事。这样做就可以心安理得。

有胆识骏马；
无畏①护良才。

【注】① 无畏：无所畏惧。

有公德乃大；
无私①品自高。

【注】① 无私：公正没有偏心；不自私。《左传·成公九年》："乐操土风，不忘旧也。称大子，抑无私也。"

政通^①上中下；
人和^②老中青。

【注】①② 政通人和:政事顺遂,人民和乐。宋·范仲淹《岳阳楼记》:"政通人和,百废俱兴。"

集思^①乃有获；
成事在多谋。

【注】① 集思:即"集思广益"之略。谓集中众人智慧,广泛进行讨论,博采有益的意见。宋·许月卿《次韵陈肇芳竿赠李相士》诗:"集思广益真宰相,开诚布公肝胆倾。"

自由不越轨^①；
平等必自珍^②。

【注】① 越轨:越出轨道,违反法律法规。
② 自珍:自爱;珍惜己体。

劳动葆本色^①；
廉洁^②是高风。

【注】① 本色:谓质朴自然,不加矫饰。
② 廉洁:谓不贪财物,立身清白。

三德智仁勇^①；
一官清慎勤^②。

——清·姚祖同

【注】① 三德智仁勇:智仁勇,是儒家所提倡的三种德行。《论语·子罕》:"子曰:'知者不惑,仁者不忧,勇者不惧。'"知,亦作"智"。
② 清慎勤:旧时考核官员的三种标准,即清廉、谨慎、勤勉。

中国教化楹联精选·国事篇

官当持大体①；
政在顺民心。

【注】① 大体：重要的义理，有关大局的道理。谓遇到重要事情要顾大局，识大体。

忧乐①天下事；
安危系一身。

【注】① 忧乐：忧愁和快乐。《左传·襄公三十一年》："忧乐同之，事则巡之；教其不知，而恤其不足。"

忧民①催白发；
守道②悔青春。

——明·蔡元伟

【注】① 忧民：谓关心人民疾苦。明·李贽《与焦弱侯书》："但半山过于自信，反以忧民爱国之实心，翻成毒民误国之大害。"
② 守道：坚守某种道德规范。北齐·颜之推《颜氏家训·省事》："君子当守道崇德，蓄价待时。"

勤政肩罔替①；
作德心日休。

【注】① 勤政：勤劳于政事。晋·成公绥《贤明颂》："王用勤政，万国以虔。"罔替，不更替。

官威人无厚①；
事减民有馀。

【注】① 官威：做官的威势或态度。当官的在老百姓面前摆架子，大家就离他远远的。

廉吏无宦乐①；
达人不折腰②。

【注】① 廉吏:清廉守正的官吏。此句意思是为官清廉者因心系万民而无做官之乐。
② 达人:豁达豪放的人。折腰,谓屈身事人。此句意思是志存高远的旷达之士不会有卑躬屈节之举。

升平①天下瑞;
和谐世间春。

【注】① 升平:太平。唐·王昌龄《放歌行》诗:"升平贵论道,文墨将何求。"

风正民心顺①;
人和国自安。

【注】① 风正:谓社会风气和顺、安宁。民心,指人民的思想、心情、意愿等。《左传·昭公七年》:"六物不同,民心不壹,事序不类,官职不则,同始异终,胡可常也?"

政通千家福;
人和万户春。

和平方造福①;
权利不关心。

【注】① 造福:给人民带来幸福。

眼前皆赤子①;
头上有青天②。

【注】① 赤子:比喻百姓,人民。
② 青天:喻指公道与正义。

民主安社稷①;
法制定家邦②。

【注】① 社稷:古代帝王、诸侯所祭祀的土神和谷神。社,土神;稷,谷神。旧时亦用

为国家的代称。

② 家邦:本指家与国,亦泛指国家。《诗·大雅·思齐》:"刑于寡妻,至于兄弟,以御于家邦。"

法明常奏凯①;
风正好扬帆。

【注】① 奏凯:泛指胜利。

政善民皆喜;
法严国永宁①。

【注】① 永宁:即国家永久安宁。

安邦严法纪①;
兴国②重人才。

【注】① 法纪:法律纲纪。明·张居正《请戒谕群臣疏》:"以朝廷为必可背,以法纪为必可干,则我祖宗宪典甚严,朕不敢赦。"
② 兴国:振兴国家。

惩奸①欣有法;
治国庆得方。

【注】① 惩奸:即"锄奸"。铲除奸诈的坏人或通敌的奸细。明·沈榜《宛署杂记·职官》:"锄奸柙蛊,不惮心力以乱民。"

铁帚①扫旧叶;
春雨发新芽。

【注】① 铁帚:即"铁扫帚",比喻人民的力量。

胸中存灼见①;
眼底辨秋毫②。

【注】① 灼见：犹洞察，仔细看清楚。《书·立政》："灼见三有俊心。"
② 秋毫：鸟兽在秋天新长出来的细毛，喻细微之物。《孙子·形篇》："举秋毫不为多力，见日月不为明目，闻雷霆不为聪耳。"

检身①若不及；
察理②定无讹。

【注】① 检身：检点自身。
② 察理：谓苟察地治理。唐·陈子昂《谏用刑书》："今天下幸安，万物思泰，陛下乃以末节之法，察理人臣，愚以为非适变随时之义也。"

畏威①如夏日；
明鉴②及秋毫。

【注】① 畏威：即"畏威怀德"之略，畏惧声威，感念德惠。《后汉书·应劭传》："苟欲中国珍货，非为畏威怀德。"
② 明鉴：称人善于识别事物。

伸张革命正气；
维护法律尊严。

拿事实做依据①；
以法律为准绳②。

【注】① 依据：事情的实际情况，实有的事情，或作为根据或依托的事物。
② 准绳：标准；准则。

但愿民安若堵①；
何妨署冷如冰。

【注】① 民安若堵：谓使人民安居乐业。此联意为希望民众安稳似抚署前的一堵大墙，民间就此无诉讼，即使大衙冷落也无妨。

中国教化楹联精选·国事篇

交以诚,接以礼;
近者悦,远者来①。

【注】① 近悦远来:近居的人悦服,远处的人慕化而来。形容政治清明,远近归附。语出《论语·子路》:"叶公问政,子曰:'近者悦,远者来。'"

加强群众观念;
发扬民主作风。

牢记人民疾苦;
永葆公仆精神。

政静求于民则①;
事皆可与人言。

【注】① 民则:治民的方法。《国语·楚语上》:"是知天咫,安知民则?"

做官须持大体①;
为政不在多言。

【注】① 大体:重要的义理,有关大局的道理。

做普通劳动者;
当人民服务员。

快办人民事业;
慢写官样文章①。

【注】① 官样文章:袭有固定格式而内容空虚的文章。后用来泛指徒具形式,内容空虚,照例敷衍的虚文滥调或言论措施。

作事①当有朝气；
为政应戒官风②。

【注】① 作事：谓施政。
② 官风：谓官僚作风，官僚主义。

有猷有为有守①；
曰清曰慎曰勤。

【注】① "有猷"句：语出《书·洪范》："凡厥庶民，有猷、有为、有守，汝则念之。"此谓有计谋，有作为，有操守。

为人一身正气；
做官两袖清风。

言多变则不信；
令频改则难从①。

【注】① 令频改：谓当政者朝令而夕改，老百姓就无所适从了。

达则①兼善天下；
穷则独善其身。

【注】① "达则"句：语出《孟子·尽心上》，谓显达；显贵。

出淤泥而不染①；
濯清涟而不妖。

【注】① "出淤泥"句：语出宋·周敦颐《爱莲说》："予独爱莲之出淤泥而不染……"谓人在复杂情况下能够独善其身。

无遗行①于乡里；
有令德在子孙。

【注】① 遗行:失俭之行为;品德有缺点。《文选·宋玉〈对楚王问〉》:"楚襄王问于宋玉曰:'先生其有遗行与?何士民众庶不誉之甚也?'"

大同①无少长老;
至乐②合天地人。

【注】① 大同:古代儒家学派指出的一种理想社会。
② 至乐:最大的快乐。《庄子·至乐》:"至乐无乐,至誉无誉。"

一代俊杰①逢盛世;
十亿愚公②颂华年。

【注】① 俊杰:才智杰出的人。《孟子·公孙丑上》:"尊贤使能,俊杰在位,则天下之士皆悦,而愿立于其朝矣。"
② 愚公:《愚公移山》故事中的主人公,亦常用以比喻做事有顽强的毅力,不怕困难的人。

一腔热血倾事业;
两袖清风为人民。

一身正气祛邪气①;
满腔热血拂歪风②。

【注】① 邪气:不正当的风气或行为。《淮南子·诠言训》:"君子行正气,小人行邪气。"
② 歪风:不良风气。

不让流光①催白发;
为凭余热献丹心②。

【注】① 流光:指如流水般逝去的时光。
② 丹心:赤诚的心。宋·文天祥《过零丁洋》诗:"人生自古谁无死,留取丹心照汗青。"

中国教化楹联精选·国事篇

归田不失凌云志[①]；
解甲[②]犹怀报国心。

【注】① 归田：回乡务农。指将士复员，不再从事战争。凌云志：形容志向崇高或意气高超。
② 解甲：脱下战袍，解除武装。

大好河山开盛纪；
风流人物数今朝。

九州春色烟霞近；
万里风和政德新[①]。

【注】① 政德：即"德政"。旧指有仁德的政治措施或政绩。

是正人必走正路[①]；
非公事莫入公门[②]。

【注】① 正人：正直的人，正派的人。正路，正当的道路，正当的途径。《孟子·离娄上》："义，人之正路也。"
② 公事：朝廷之事，公家之事。公门，官府，衙门。《荀子·强国》："观其士大夫，出于其门，入于公门；出于公门，归于其家，无有私事也。"

勿施小惠伤大体[①]；
毋以公道徇私情[②]。

【注】① 小惠：微小的恩惠。《左传·庄公十年》："小惠未遍，民弗从也。"大体，有关大局的道理。
② 公道：公正的道理。《管子·明法》："是故官之失其治也，是主以誉为赏，以毁为罚也。然则喜赏恶罚之人，离公道而行私术矣。"私情，私人的情感或情谊。《管子·八观》："私情行而公法毁。"

中国教化楹联精选·国事篇

兴邦①有策人民福；
报国无私赤子心②。

【注】① 兴邦：使国家兴盛起来。《论语·子路》："一言而可以兴邦，有诸？"
② 报国：为国家效力尽忠。赤子心，喻纯洁善良的心地。《孟子·离娄下》："大人者，不失其赤子之心者也。"

讲道德一身正气；
反腐蚀①两袖清风。

【注】① 腐蚀：比喻坏的思想或环境使人逐渐变质堕落。

五洲风云收眼底；
万家忧乐在心头。

于工作无私无畏；
守法制①有纪有纲。

【注】① 法制：即"法令制度"。《书·大禹谟》："儆戒无虞，罔失法度。"

两袖清风称典范①；
一腔正气秉忠心②。

【注】① 典范：可以作为学习、仿效标准的人或事物。
② 忠心：即"忠心耿耿"之略，形容非常忠诚。

两袖清风人称颂①；
一尘不染众欢欣②。

【注】① 称颂：称赞颂扬。
② 欢欣：欢喜欣悦。

中国教化楹联精选·国事篇

    两袖清风归故里；
    一头白发度林泉①。

【注】① 林泉:退隐之意。

    心贴群众同呼吸；
    身与人民共苦甜。

    功高不泯忠贞志①；
    位尊更坚公仆心。

【注】① 忠贞志:忠诚坚贞之志。《书·君牙》:"惟乃祖乃父,世笃忠贞。"

    不执己见①从众意；
    坚持公道去私心。

【注】① 不执己见:谓不要固执己见,即不要顽固地坚持自己的意见。《宋史·陈宓传》:"固执己见,动失人心。"

    政由德布宜崇德①；
    官与民亲贵爱民。

【注】① 崇德:即"崇德报功"之略。谓封拜赏赐有德有功的人。《书·武成》:"惇信明义,崇德报功。"孔传:"有德尊以爵,有功报以禄。"

    福泽①万民方为好；
    绿遍九州才是春。

【注】① 福泽:犹恩泽。此谓造福于民。

    归田勤种篱边菊①；
    为国常添锦上花②。

【注】① 篱边菊:即"东篱菊"。晋·陶渊明《饮酒》诗:"采菊东篱下,悠然见南山。"

② 锦上花:比喻美上加美,好上加好。

举直错枉①**适民意;**
宽言纳谏正党风②**。**

【注】① 举直错枉:指起用正直者而罢黜奸邪者。《论语·为政》:"哀公问曰:'何为则民服?'孔子对曰:'举直错诸枉,则民服。'"
② 宽言:谓广开言路。《左传·襄公二十六年》:"君淹恤在外十二年矣,而无忧色,亦无宽言,犹夫人也。"纳谏,接受规劝。多指君主接受臣下进谏。《国语·晋语八》:"纳谏不忘其师,言身不失其友。"

实事求是说真话;
选贤任能不空谈①**。**

【注】① 空谈:脱离实际的言论;假话。南朝·宋·范晔《狱中与诸甥侄书》:"言之皆有实证,非为空谈。"

哪怕他说长道短①**;**
只要我大公无私。

【注】① 说长道短:亦作"说长话短。"后以"说长道短"指议论他人的好坏是非。

举贤任能①**兴国计;**
治穷致富利民生。

【注】① 举贤任能:推荐德才兼备的人。《左传·闵公二年》:"敬教劝学,授方任能。"孔颖达疏:"任能,其所委任信能用之人也。"

管百姓①**须爱百姓;**
要一钱不值一钱。

——清·李寅清

【注】① 百姓:人民;群众。《论语·颜渊》:"百姓足,君孰与不足? 百姓不足,君孰与足?"

中国教化楹联精选·国事篇

前人创业千秋永；
后辈建功①万载长。

【注】① 建功：即"建功立业"之略。谓建立功勋业绩。

扶善安良树正气；
惩凶除害去邪风。

举贤任能兴国计；
精兵简政利民生。

以智慧培养智慧；
仗贤才选拔贤才。

向人民博采众议；
为事业广纳人才。

肝胆相照①手挽手；
荣辱②与共心连心。

【注】① 肝胆相照：比喻赤诚相见。
② 荣辱：光荣与耻辱。指地位的高低，名誉的好坏。《易·系辞上》："言行，君子之枢机。枢机之发，荣辱之主也。"

根深不怕风摇动；
干正何惧月影斜。

当官常思民之苦；
凡事求其心所安。

中国教化楹联精选·国事篇

为恤民艰看菜色①；
欲知官况问梅花。

【注】① 菜色:指饥民营养不良的脸色。《礼记·王制》："虽有凶旱水溢,民无菜色。"恤,忧虑,忧患。

名场似弈无同局①；
吏道如诗有别裁②。

【注】① 名场:泛指追逐名利的场所。龚自珍《歌哭》诗:"阅历名场万态更,原非感慨为苍生。"弈,下棋。
② 吏道:为官之道。别裁,分别裁定,决定取舍。

德化①遍行新政策；
性情②独得古风流。

【注】① 德化:谓以德行感化。《后汉书·鲁恭传》:"恭专以德化为理,不任刑罚。"
② 性情:人的禀性和气质。《易·乾》:"利贞者,性情也。"孔颖达疏:"性者,天生之质,正而不邪;情者,性之欲也。"

范世①有为兼有守；
宅心②先实不先名。

【注】① 范世:作世人模范。《颜氏家训·序致》:"吾今所以复为此者,非敢轨物范世者。"
② 宅心:二心;异心。

才略①指挥天下事；
经纶②原本古人书。

【注】① 才略:才能和谋略。《后汉书·胡广传》:"广才略深茂,堪能拨烦,愿以参选,纪纲颓俗。"
② 经纶:指治理国家的抱负和才能。

六艺^①文章华国表；
五经才调治安书^②。

【注】① 六艺：古代教育学生的六种科目。《周礼·地官·大司徒》："三曰六艺：礼、乐、射、御、书、数"

② 五经：五部儒家经典，即《诗》《书》《易》《礼》《春秋》。治安书，即西汉贾谊的《治安策》。

古人惟大同^①谓治；
君子以中庸^②为归。

【注】① 大同：战国末至汉初的儒家学派提出的一种理想社会。与"小康"相对。《礼记·礼运》："大道之行也，天下为公，选贤与能，讲信修睦。故人不独亲其亲，不独子其子。使老有所终，壮有所用，幼有所长，矜寡孤独废疾者皆有所养。男有分，女有归。货恶其弃于地也，不必藏于己；力恶其不出于身也，不必为己。是故谋闭而不兴，盗窃乱贼而不作，故外户而不闭，是谓大同。"

② 中庸：儒家的政治、哲学思想。主张待人、处事，不偏不倚，无过无不及。《论语·雍也》："中庸之为德也，其至矣乎。"何晏集解："庸，常也，中和可常行之道。"

诗堪入画^①方称妙；
官到能贫乃是清。

——清·戴远山

【注】① 诗堪入画：即"诗中有画"。

德胜才^①，无才胜德；
人重官，非官重人。

【注】① 德胜才：宋·司马光《资治通鉴·卷一》："德胜才谓之君子，才胜德谓之小人。"

中国教化楹联精选·国事篇

政通人和颂大治①；
国富民强展宏图。

【注】① 大治：谓政治修明，局势安定。宋·王安石《上皇帝万言书》："宜其家给人民,天下大治。"

喻义自无非理事①；
爱名常葆不贪心。

【注】① 喻义：知晓；明白。《论语·里仁》："子曰：君子喻于义,小人喻于利。"非理,不合常理；违背情理。

事到眼前明似雪；
民从心上养如春。

能以经术治吏事①；
宜将秋实作春华。

【注】① 经术：犹经学。《史记·太史公自序》："仲尼悼礼废乐崩,追修经术,以达王道。"吏事,政事。《汉书·循吏传》："江都相董仲舒、内史公孙弘、儿宽,居官可纪。三人皆儒者,通于世务,明习文法,以经术润饰吏事。"

我如卖法①脑涂地；
尔敢欺心②头有天。

——清·桂超万

【注】① 卖法：谓贪赃枉法。
② 欺心：自己欺骗自己；昧心。

勤能补拙才偏敏；
廉不沽名①品益高。

【注】① 沽名：猎取名誉。唐·聂夷中《胡无人行》："男儿徇大义,立节不沽名。"

中国教化楹联精选·国事篇

大法腾辉光八表①；
和风送暖入千家。

【注】① 大法:指国家的重要法令或根本法如"宪法"等。《后汉书·阜陵质王延传》:"先帝不忍亲亲之恩,枉屈大法,为王受愆。"亦指朝廷的纲纪。八表,八方之外,指极远的地方。魏明帝《苦寒行》:"遗化布四海,八表以肃清。"

为政以德众星拱①；
执法如山累月安②。

【注】① 此句出自《论语·为政》:"子曰:'为政以德,譬如北辰,居其所而众星拱之。'"(孔子说:"以道德原则治理国家,就像北极星一样处在它的位置上,其他的星辰都会围绕它。")
② 累月:即"长年累月"。谓人民可以长久享有平安幸福的生活。

民有权利国有法；
天开妆镜①地开屏。

【注】① 妆镜:化妆用的镜子。此谓世间美好,国泰民安的生活。

文明建设结硕果；
普法教育开新花。

发扬民主千家乐；
完善法制万民欢。

比户①不惊尨也吠②；
履端③伊始象比新。

【注】① 比户:家家户户。《魏书·李安世传》:"无私之泽,乃播均于兆庶;如阜如山,可有积于比户矣。"
② 尨也吠:尨(máng),狗。《诗·召南·野有死麕》:"有女如玉,舒而脱脱兮,无

感我悦兮,无使尨也吠。"

③ 履端:一年之始。北周·庾信《哀江南赋》:"天子履端废朝,单于长围高宴。"

司暴①一官筹福利;
先春四序②启阳和。

【注】① 司暴:古官名。《周礼》地官之属,负责维持治安和社会秩序,禁止暴乱。

② 四序:四季。

鼓舞康衢①维秩序;
保安市井②乐升平。

【注】① 鼓舞:振作。康衢,四通八达的大路。《尔雅·释宫》:"四达谓之衢,五达谓之康。"

② 市井:指商贾。北齐·颜之推《颜氏家训·治家》:"近世嫁娶,遂有卖女纳财,买妇输绢……责多还少,市井无异。"

社会安宁千家乐;
神州锦绣万户春。

学法制遵法守法;
讲和睦人和家和。

遵守法纪我先作;
危害公德尔莫为。

赤胆卫国护法律;
忠心为民断案情①。

【注】① 赤胆忠心:形容极其忠诚。

中国教化楹联精选·国事篇

法制健全邪恶①少；
师道②树立善人多。

【注】① 邪恶：行为不端正而又凶恶的人。汉·王符《潜夫论·述赦》："夫天道赏善而刑淫，天工人其代之。故凡立王者，将以诛邪恶而养正善。"
② 师道：从师学习的风尚。唐·韩愈《师说》："嗟乎！师道之不传也久矣，欲人之无惑也难矣。"

开创立国新局面；
坚持守法好作风。

宪法治国治天下；
政策富民富国家。

办案有规①树正气；
执法无私除歪风。

【注】① 办案有规：办理案件应按法办事，以法律为准绳。

遵章守则维法纪；
循规蹈矩①握准绳。

【注】① 循规蹈矩：遵守规矩。按法办事。宋·朱熹《答方宾王书》："循涂守辙，犹言循规蹈矩云尔。"

察民情①，依法治国；
顺人心②，以策富民。

【注】① 民情：民众的生活、生产，风尚习俗等情况。
② 人心：指人们的意愿、感情等。《易·咸》："圣人感人心，而天下和平。"

中国教化楹联精选·国事篇

除暴安良①勤职务；
察奸惩恶保民生。

【注】① 除暴安良：铲除强暴势力，安抚良民百姓。

贪鄙①在率不在下；
教训在政不在民。

【注】① 贪鄙：贪婪卑鄙。在率，在上层、上级。率，通"帅"。语出汉·桓宽《盐铁论·疾贪》。

官迷心窍能作恶；
钱遮眼睛会发昏。

居官当思尽其天职①；
行政②尤贵合乎人心。

【注】① 居官：担任官职。《礼记·士相见礼》："与众言，言忠信慈祥；与居官者言，言忠信。"天职，指人应尽的义务。
② 行政：执掌国家政权，管理国家事务。《孟子·梁惠王上》："为民父母行政，不免于率兽而食人，恶在其为民父母也？"

选贤任能①，惟才是举；
励精图治，振兴有期。

【注】① 选贤任能：谓选拔任用有才能的人。《礼记·礼运》："大道之行也，天下为公。选贤与能，讲信修睦。"

友善诚信，敬业爱国。
法治公正，平等自由。

中国教化楹联精选·国事篇

默运玉衡①,以齐七政②;
高悬金鉴③,永照千秋。

【注】① 默运:暗中运行。玉衡,北斗七星中的第五星。
② 七政:古天文术语,说法不一。《书·舜典》:"在璿玑玉衡,以齐七政。"孔传:"七政,日月五星各异政。"孔颖达疏:"七政,谓日月与五星也。"
③ 金鉴:比喻月亮。

报国宏文①,济时高义②。
居家和乐,作吏廉平③。

【注】① 宏文:宏伟的文才。亦作"宏才大略"。
② 济时:犹济世,救时。《国语·周语中》:"宽,所以保本也;肃,所以济时也。"高义,行为高尚合于正义。
③ 廉平:清廉公平。《史记·孝文本纪》:"妾父为吏,齐中皆称其廉平。"

仁义①自治,有为有守②。
琴书而乐,乃息乃游。

【注】① 仁义:亦作"仁谊"。仁爱和正义;宽惠正直。《礼记·曲礼上》:"道德仁义,非礼不成。"
② 有为有守:有作为有操守。语出《书·洪范》。

至理名言①,置之座右②;
清天明月,悬于心中。

【注】① 至理名言:包含着真理的极精辟的话。
② 座右:即"座右铭"。置于座右用以自警之铭文。

至性至情①,得天独厚②;
实心实政,感人也深。

【注】① 至性:多指天赋的卓绝的品性。至情,极其真实的思想感情。
② 得天独厚:谓独具特殊优越的条件。

中国教化楹联精选·国事篇

行所当行①,不为已甚②;
慎之又慎,而后能安。

【注】① 行所当行:做好自己业内的事,和履行自己应有的职责。
② 不为已甚:《孟子·离娄下》:"仲尼不为已甚者。"朱熹集注:"已,犹太也。杨氏曰:'言圣人所为,本分之外,不加毫末。'"后以"不为已甚"谓不做过分的事,适可而止。

一心维系①百姓快乐;
两眼尽收四海风云。

【注】① 维系:保持不使涣散。

一身正气,为民作主;
两袖清风,廉洁奉公①。

【注】① 奉公:奉行公事,不徇私情。唐·韩愈《赠太傅董公行状》:"制曰:'事上尽大臣之节。'又曰:'一心奉公。'"

一尘不染,邪恶①永退;
两袖清风,正气长存。

【注】① 邪恶:行为不正,而又凶恶的人。汉·王符《潜夫论·述赦》:"夫天道赏善而刑淫,天工人其代之。故凡立王者,将以诛邪恶而养正善。"

一代英才①,九州生气②;
八荒③开拓,六谷④丰登。

【注】① 英才:杰出的才智。汉·孔融《荐祢衡书疏》:"淑质贞亮,英才卓砾。"
② 生气:使万物生长发育之气。
③ 八荒:八方荒远的地方。《汉书·项籍传赞》:"并吞八荒之心。"
④ 六谷:谓稌(稻)、黍、稷、粱、麦、苽(菰米)六种农作物。而《三字经》中称稻、粱、菽、麦、黍、稷为"六谷"。

中国教化楹联精选·国事篇

一德①同心,百族②所共;
利国利民,万邦③乃和。

【注】① 一德:即"一心一德""同心同德"。《书·泰誓中》:"乃一德一心,立定厥功,惟克永世。"
② 百族:百姓。
③ 万邦:指天下,全国。《书·尧典》:"协和万邦,黎民于变时雍。"

克己奉公①,忠于职守②;
量入为出,管好财权。

【注】① 克己奉公:约束自己,以公事为重。《后汉书·祭遵传》:"遵为人廉约小心,克己奉公,赏赐辄尽与士卒,家无私财,身衣韦绔、布被,夫人裳不加缘。"
② 职守:犹职责。亦指工作岗位。

廉洁奉公,春风化雨;
潜心①改革,大地生辉。

【注】① 潜心:心静而专一。《汉书·董仲舒传赞》:"仲舒遭汉承秦灭学之后,《六经》离析,下帷发奋,潜心大业。"

选贤任能,群星①灿烂;
兴利除弊,百族欢腾。

【注】① 群星:谓众贤能之士。亦作"群英。"

端正作风,清源正本①;
健全法制,国运昌隆。

【注】① 清源正本:即"正本清源"。指从根本上进行整顿清理。

轻重缓急①,先后有序;
权衡②得失,内外兼宜。

【注】① 轻重缓急:指事情有主要的次要的、缓办的急办的区别。
② 权衡:评量;比较。南朝·梁·刘勰《文心雕龙·熔裁》:"权衡损益,斟酌浓淡。"

继承实事求是传统;
发扬艰苦创业精神。

替民作主,光明正大①;
为国执法,至公无私。

【注】① 光明正大:谓胸怀坦白,不搞阴谋诡计。《朱子语类·七三》:"圣人所说的话,光明正大。"

作风端正①,民德归厚②;
社会文章,三春无边。

【注】① 端正:正直不邪。《庄子·天地》:"端正而不知以为义,相爱而不知以为仁。"
② 民德归厚:语出《论语·学而》:"曾子曰:'慎终追远,民德归厚矣。'"民德,民众的道德。

祖国春回,欢天喜地;
中华崛起,吐气扬眉①。

【注】① 吐气扬眉:形容被压抑者一旦得到舒展而快活得意的神情。

兴利除弊,江山永固;
选贤任能,大业中兴①。

【注】① 大业:大功业,大事业。《易·系辞上》:"盛德大业,至矣哉! 富有之谓大业,日新之谓盛德。"孔颖达疏:"于行谓之德,于事谓之业。"中兴,语出《诗·烝民序》:"任贤使能,周室中兴焉。"

中国教化楹联精选·国事篇

河山壮丽,宏图大展;
经济繁荣,体制革新。

坚持实事求是态度;
反对弄虚作假歪风。

民吾同胞,物吾同与①;
国而忘家,公而忘私。

【注】① 物吾同与:语出宋·张载《西铭》:"故天地之塞,吾其体;天地之帅,吾其性。民吾同胞,物吾与也。"意谓民为同胞,物为同辈。泛指爱一切人与物。

党纪国法,金科玉律①;
民意群情,铁壁铜墙②。

【注】① 金科玉律:比喻不能变更的信条或法律条文。
② 铁壁铜墙:喻坚不可摧的事物。一般指国防与政权。

集思广益①,有容乃大②;
礼贤下士③,得才方兴。

【注】① 集思广益:谓集中众人的智慧,博采有益的意见。
② 有容乃大:有所包含,宽宏大量。《书·君陈》:"有容德乃大。"孔传:"有所包容,德乃为大。"
③ 礼贤下士:谓屈身以尊待贤人,延揽群士。《宋书·江夏文献王义恭传》:"礼贤下士,圣人垂训;骄奢矜尚,先哲所去。"

口饮廉泉①,清风两袖;
身居仁里②,和气一团。

【注】① 廉泉:泉名。宋·苏轼《廉泉》诗:"君看此廉泉,五色烂摩尼。"
② 仁里:指仁者居住的地方。《论语·里仁》:"里仁为美。"后泛称风俗淳朴的

地方为"仁里"。

        发扬传统，长效先辈；
        树立公心①，不徇私情②。

【注】① 公心：公正之心。《荀子·正名》："以仁心说，以学心听，以公心辨。"
② 私情：私人的情感。《管子·八观》："谏臣死而谀臣尊，私情行而公法毁。"

        正党风，万民歌大德①；
        明国策，九域乐小康。

【注】① 大德：《易·系辞下》："天地之大德曰生。"也指人的最高品德。

        国政民风，垂之诗教①；
        进礼退义，闲于圣谟②。

【注】① 诗教：本指《诗经》怨而不怒、温柔敦厚的教育作风。《礼记·经解》："孔子曰：'入其国，其教可知也。其为人也，温柔敦厚，《诗》教也。'"
② 圣谟：语出《书·伊训》："圣谟洋洋，嘉言孔彰。"本谓圣人治天下的宏图大略。后亦称颂帝王谋略。

        山静日长，林泉①消夏；
        官清民乐，畴圃②连云。

【注】① 林泉：山林与泉石。
② 畴圃：肥沃的园地。即"畴陇"。

        含和履中①，驾福乘喜；
        年丰岁熟，政乐民仁。

【注】① 履中：躬行中庸之道。汉·刘向《说苑·修文》："彼舜以匹夫，积正合仁，履中行善，而卒以兴。"

中国教化楹联精选·国事篇

持躬以正①,接人以诚;
任事惟忠,决机②惟勇。

——清·葛云飞

【注】① 持躬以正:即"持正不阿"。持守公平正派,不迎合阿谀。
② 决机:依据时机采取适宜的决策。

文气①相辅,济世②学问;
洁清自守,造福人民。

【注】① 文气:文风,文章的气势。
② 济世:救世;济助世人。《后汉书·卢植传》:"性刚毅有大节,常怀济世志。"

文以载道①,史以载事;
义者为己,仁者为人。

【注】① 文以载道:谓用文章来说明道。道,旧时多指儒家思想。宋·周敦颐《通书·文辞》:"文所以载道也"。

德威①并树,吏治乃建;
文行②咸重,士风大和。

【注】① 德威:恩德与威权。《书·吕刑》:"德威惟畏。"孔颖达疏:"以德行其威罚,则民畏之而不敢为非。"
② 文行:文章与德行。《论语·述而》:"子以四教,文、行、忠、信。"

公事公言,我行我素①;
尔俸尔禄,民脂民膏②。

【注】① 我行我素:犹言自行其是。不管别人怎么说,还是按照平素的那一套去做。语出《礼记·中庸》:"君子素其位而行,不愿乎其外。素富贵行乎富贵,素贫贱行乎贫贱,素夷狄行乎夷狄,素患难行乎患难。君子无入而不自得焉。"
② 民脂民膏:比喻人民用血汗换来的财富。五代·后蜀·孟昶《戒石文》:"尔俸尔禄,民膏民脂。"

中国教化楹联精选·国事篇

一腔正气,秉公执法;
两袖清风,求实量刑。

执法无私,青天①再现;
教民②有序,道不拾遗③。

【注】① 青天:喻清官。
② 教民:教育人民。《论语·子路》:"善人教民七年,亦可以即戎矣。"
③ 道不拾遗:谓路有失遗财物,无人拾取。古时用以形容刑罚严峻或民风淳厚。《韩非子·外储说左上》:"子产退而为政五年,国无盗贼,道不拾遗。"

选贤与能①,道之以政;
明刑弼教②,职思其居。

【注】① 选贤与能:选择任用贤能的人。与,通"举"。《礼记·礼运》:"大道之行也,天下为公,选贤与能,讲信修睦。"
② 明刑弼教:语出《书·大禹谟》:"明于五刑,以弼五教,期于予治。"谓以刑律晓谕民众,使大家都知法,畏法而守法,以辅助教化之所不及。

执法无偏,今不异古;
律身①有度,公而忘私。

【注】① 律身:犹律己。

政清①年丰,家境②富裕;
法严时泰,国度③文明。

【注】① 政清:即"政清人和",政治清明,人心归向,上下团结。《晋书·诸葛恢传》:"会稽内史诸葛恢莅官三年,政清人和,为诸郡首。"
② 家境:家庭的经济状况。
③ 国度:国家。

法律面前,人人平等;
院庭内外,事事秉公。

发愤①求严,教育首要;
励精图治,法制先行。

【注】① 发愤:决心努力。《史记·孔子世家》:"其为人也,学道不倦,诲人不厌,发愤忘食,乐以忘忧。"晋·葛洪《抱朴子·交际》:"乃发愤著论,杜门绝交,斯诚感激有为而然。"

头戴青天①,秉公执法;
脚踏实地,为民申冤。

【注】① 青天:喻指公道与正义。

刚正①清廉,公平执法;
光明磊落②,肝胆照人③。

【注】① 刚正:即"刚正不阿"。刚正方直而不逢迎附和。
② 光明磊落:形容胸怀坦荡。《朱子语类》卷七四:"譬如人光明磊落底便是好人,昏昧迷暗底便是不好人。"
③ 肝胆照人:谓以赤诚之心待人。

任人唯贤①,人才辈出;
治国以法,国事昌隆。

【注】① 任人唯贤:语出《书·咸有一德》:"任官惟贤材。"指任用人只挑选德才兼备之人。与"任人唯亲"相对。

勉善诲严①,恩威昭著②;
除暴安良,法纪严明。

【注】① 勉善诲严:劝其为善,教之严格。

② 恩威:恩惠与威势。多指仁政与刑治。昭著,彰明;显著。

国泰民安,弦歌①法治;
年丰人寿②,沐浴③文明。

【注】① 弦歌:指礼乐教化。《论语·阳货》:"子之武城,闻弦歌之声。夫子莞尔而笑曰:'割鸡焉用牛刀。'"
② 人寿年丰:人享长寿,年成丰收,形容太平兴旺。
③ 沐浴:蒙受;受润泽。

铁面无私,包公①再世;
秉公执法,海瑞②重生。

【注】① 包公:即包拯,为人刚毅,居官清廉。其事迹长期流传于民间,被誉为"包公""包青天"。
② 海瑞:明代著名政治家。一生为官清廉,惩治贪污,提倡勤俭。

惩恶扬善①,风调雨顺;
除暴安良,人和政通。

【注】① 惩恶扬善:亦作"惩恶劝善",惩罚邪恶,劝勉向善。语出《左传·成公十四年》:"《春秋》之称,微而显,志而晦……惩恶而劝善。非圣人谁能修之?"

与百姓有缘,才来到此;
期寸心①无愧,不负斯民。

【注】① 寸心:指心。旧时认为心的大小在方寸之间,故称。晋·陆机《文赋》:"函绵邈于尺素,吐滂沛乎寸心。"

国策英明,神州铺锦绣;
党风纯正,骏马扬蹄飞。

中国教化楹联精选·国事篇

大胆创新,建不朽伟业;
锐意改革,享幸福家园。

大智大勇,捍革命正气;
敢作敢为,抵不良歪风。

替群众办事,真心实意;
为人民掌权,廉洁奉公。

门外四时春,和风甘雨①;
案头三尺法②,烈日严霜。

【注】① 和风甘雨:谓温和的风和及时的雨。喻幸福美满的岁月。
② 三尺法:古代以三尺竹简书法律,故称。清·吴伟业《感事》诗:"老知三尺法,官为五铢钱。"

作风正,胜过春风万里;
民意①顺,超出天意②一筹。

【注】① 民意:民众的意愿。《庄子·说剑》:"中和民意以安四乡。"
② 天意:上天的旨意。《汉书·礼乐志》:"王者承天意以从事,故务德教而省刑罚。"

春风化雨,给人民造福;
创业立功,为祖国争光。

铁骨铮铮,挑一身正气;
忠心耿耿,换两袖清风。

中国教化楹联精选·国事篇

尽改一言堂①，鸢飞鱼跃②；
远谋③千载业，柳暗花明。

【注】① 一言堂:即一人说了算,不能听取大家意见。
② 鸢飞鱼跃:谓万物各得其所。
③ 远谋:即"深谋远虑"。谓计划周密,考虑深远。

纤尘不染，真诚作公仆；
素朴无华，老实做庶人。

良材朽木①，由群众鉴别；
真理谬论，靠实践区分。

【注】① 朽木:比喻不可造就的人。即"朽木不可雕。"腐烂的木头无法雕刻。《论语·公冶长》:"宰予昼寝。子曰:'朽木不可雕也,粪土之墙不可杇也。'"

照准则①为人，一身正气；
以公仆处世②，两袖清风。

【注】① 准则:标准;原则。《南齐书·张绪传》:"晋氏衰政,不可以为准则。"
② 处世:跟人往来相处。《史记·平原君虞卿列传》:"夫贤士之处世也,譬若锥之处囊中,其末立见。"

心天之心，而宵衣旰食①；
乐民之乐，以和性怡情。

——清·雍正

【注】① 宵衣旰食:天不亮就穿衣起身,天黑了才吃饭。形容非常勤劳,多用以称颂帝王勤于政事。

欺人如欺天①，毋自期也；
负民即负国②，何忍负之。

【注】① 欺天:即"欺天罔人",骗天骗人,形容欺骗行为之大。
② 负国:对不起国家。《汉书·王嘉传》:"嘉喟然仰天叹曰:'幸得充备宰相,不能进贤,退不肖,以是负国,死有余责。'"

按经济规律,发展经济;
为人民服务,造福人民。

革故鼎新①,创千秋大业;
兴利②除弊,树百代新风。

【注】① 革故鼎新:除旧,创新。《易·杂卦》:"革,去故也;鼎,取新也。"
② 兴利:语出《荀子·王霸》:"兴天下同利,除天下同害,天下归之。"

心在人民,原无论①大事小事;
利归天下,何必争得少得多。

【注】① 无论:不必说;且不说。晋·陶潜《桃花源记》:"问今是何世,乃不知有汉,无论魏、晋。"

仁义之道①,守②之而不失;
俭约③之志,终始而不渝。

【注】① 仁义之道:即"仁义道德"。儒家所提倡的仁爱正义等行为标准。后亦指旧时所提倡的道德规范。
② 守:操守;节操。《易·系辞下》:"失其守者,其辞屈。"
③ 俭约:俭省;节约。《后汉书·郎颛传》:"夫救奢必于俭约,拯薄无若敦厚。"

小功不赏,则大功不立①;
小怨不赦,则大怨必生②。

【注】① 小功不赏,则大功不立:赏小功促大功,各级人等都争取立功。
② 小怨不赦,则大怨必生:谓人与人之间的小小误会,应即时加以消释,不然就会产生更多更大的矛盾。

中国教化楹联精选·国事篇

谨修齐①事，位一家天地；
存致泽心，争百世勋名。

【注】① 修齐：谓"修齐治平"，"修身、齐家、治国、平天下"的省称。语出《礼记·大学》："古之欲明明德于天下者，先治其国；欲治其国者，先齐其家；欲齐其家者，先修其身。"后泛指伦理哲学和政治理论。

惟贫病相兼，乃称寒士①；
并钱漕不取，才算清官②。

【注】① 寒士：魏、晋、南北朝称出身寒微的读书人。唐·杜甫《茅屋为秋风所破歌》："安得广厦千万间，大庇天下寒士俱欢颜。"
② 清官：公正廉洁的官吏。《晋书·刘颂传》："约己洁素者，蒙俭德之报，列于清官之上。"

定案①当用事实为依据；
量刑须以法律作准绳。

【注】① 定案：对案件做最后的判决。

取财走正道①，内心无愧；
求利钻邪门②，国法不容。

【注】① 正道：正路，正确的途径。
② 邪门：比喻邪念，坏主意。

治国家，须持民主法制；
振中华，笃行①精神文明。

【注】① 笃行：切实履行；专心实行。《礼记·儒行》："儒有博学而不穷，笃行而不倦。"

扶正祛邪，秉公伸大义；
刚直不阿，华夏留清名。

中国教化楹联精选·国事篇

不嫌案牍劳形①,一心为国;
专为地方办事,两袖清风。

【注】① 案牍:官府文书。南朝·齐·谢朓《落日怅望》诗:"情嗜幸非多,案牍偏为寡。"劳形,谓使身体劳累、疲倦。《庄子·渔父》:"苦心劳形,以危其真。"

立公心①,甘做公仆德乃大;
去私念,不谋私利②品自高。

【注】① 公心:公正之心。《荀子·正名》:"以仁心说,以学心听,以公心辨。"
② 私利:个人的利益。《管子·禁藏》:"民多私利者其国贫。"

上梁正下梁正①,党风纯正;
外情明内情明,国策英明。

【注】① 上梁正下梁正:其反意即"上梁不正下梁歪。"比喻居上位的人行为不正,下面的人就跟着干坏事。此指领导带头遵纪守法。

作公仆,应如皓月①无幽意;
当干部,更比清风有激情。

【注】① 皓月:犹明月。"皓月"喻光明磊落。

言路①开,财路开,民族兴旺;
作风正,民风正,社会繁荣。

【注】① 言路:旧指人民向朝廷进言的途径。汉·陈琳《为袁绍檄豫州》:"操欲迷夺时明,杜绝言路。"

宏观微观,改革堪称壮举;
纵向横向,协调可谓周全。

发扬民主,坚持群众路线;
实事求是,改进领导作风。

中国教化楹联精选·国事篇

与众同甘苦,不搞特殊化;
为民谋幸福,愿为孺子牛①。

【注】① 孺子牛:甘为人民服务的人。《左传·哀公六年》:"女忘君之为孺子牛而折其齿乎?"杜预注:"孺子,荼也。景公尝衔绳为牛,使荼牵之,荼顿地,故折其齿。"(荼,齐景公庶子)。鲁迅《自嘲》诗:"横眉冷对千夫指,俯首甘为孺子牛。"

克己奉公,常怀一腔正气;
秉公尽职,应无半点私心。

崇尚文明,古国重增异彩;
发扬民主,新华又展宏图。

惟准则是遵,惟法纪①是守;
无善言②不听,无益事不为。

【注】① 法纪:指法律和纪律。
② 善言:友善之言;好话。《孟子·离娄下》:"禹恶旨酒,而好善言。"

老传统老作风,发扬光大;
新思想新道德,蔚然成风。

公事重,私事轻,思想进步;
国风①严,家风正,社会文明。

【注】① 国风:国家的风气。《史记·殷本纪》:"帝武丁即位,思复兴殷,而未得其佐。三年不言,政事决定于冢宰,以观国风。"

家家冷暖饥渴,时时动脑;
户户柴米油盐,事事关心。

中国教化楹联精选·国事篇

知人善用①，四季花繁叶茂；
才路广开，群星灿烂辉煌。

【注】① 知人善用：即"知人善任。"宋·曾巩《太祖皇帝总序》："盖太祖为人有大度，意豁如也，知人善任，使与汉高祖同，固然也。"

尽心尽力，未能十分尽职；
任劳任怨，不敢半点任功。

——清·于成龙

广开言路①，鼓励群众讲话；
发扬民主，反对官僚作风。

【注】① 广开言路：谓尽量创造条件，让人们有充分发表意见的机会。

心中有数，开腔少说空话；
足下无私，合力①共展宏图。

【注】① 合力：协力。《商君书·画策》："天下胜，是故合力。"

目穷千里，指点①东西南北；
心通十亿，运筹②春夏秋冬。

【注】① 指点：指示，点拨。
② 运筹：制定策略；筹划。汉·王褒《圣主得贤臣颂》："及其遇明君遭圣主也，运筹合上意，谏诤即见听。"

建设宏图，辉映五湖四海；
政策韬略①，调动万马千军。

【注】① 韬略：谋略；计谋。《旧唐书·赵王系传》："赵王系幼禀异操，夙怀韬略，负东平之文学，蕴任城之智勇。"

治膏肓者,必进苦口之药;
决狐疑者,须告逆耳之言。

相公①言公,百姓自然无讼②;
学正③不正,诸生皆以为歪。

【注】① 相公:泛称官吏。
② 讼:诉讼;控告。《论语·颜渊》:"听讼,吾犹人也,必也使无讼乎!"
③ 学正:旧时主持教育的官员。

省刑罚,薄税敛,深耕易耨;
继绝世①,举废国②,治乱持危。

【注】① 绝世:断绝禄位的世家。《论语·尧曰》:"兴灭国,继绝世,举逸民,天下之民归心焉。"邢昺疏:"贤者当世祀,为人非理绝之者,则求其子孙,使复继之。"
② 废国:指衰亡的诸侯国。《礼记·中庸》:"继绝世,举废国,治乱持危,朝聘以时,厚往而薄来,所以怀诸侯也。"

加强法制建设,祛邪匡正;
提高道德素质,教书育人。

关系网①,保护网,难逃法网;
违纪人,违法人,快做好人。

【注】① 关系网:指利用职权,互相利用、关照以为个人或小集团谋取私利为目的而形成的网络化的人际关系和社会关系。

君子素位①而行,惟知守法;
小民有耻且格,将焉用刑。

【注】① 素位:谓现在所处之地位。语出《礼记·中庸》:"君子素其位而行,不愿乎其外。"孔颖达疏:"素,乡也。乡其所居之位,而行其所行之事,不愿行在位外之事。"

中国教化楹联精选·国事篇

明察①犯罪事实,毋枉毋纵;
量刑遵以法规,从宽从严。

【注】① 明察:严明苛察。《明史·刘安传》:"人君贵明不贵察。察,非明也。人君以察为明,天下殆多事矣。陛下临御八年而治理未臻,识者谓陛下之治功损于明察。"

悬明镜雪沉冤①,民无叹怨;
布法典颁律文②,国有纲常③。

【注】① 悬明镜:即"明镜高悬"。比喻官吏执法严明,判案公正,或办事明察秋毫,公平无私。沉冤,谓难以辩白或久未昭雪的冤屈。
② 法典:法度典章。《孔子家语·五刑解》:"礼度既陈,五教毕修,而民犹或未化,尚必明其法典以申固之。"律文,法律条文。
③ 纲常:即"三纲五常"。封建时代以君为臣纲,父为子纲,夫为妻纲为三纲;仁、义、礼、智、信为五常。《宋史·儒林传八·叶味道》:"正纲常以励所学,用忠言以充所学。"

官大权大肚子大,口袋更大;
手长舌长裙带①长,好景不长。

【注】① 裙带:跟妻女姊妹等有关的,多含讥刺意。

端行谨言①,吾人以反身②为事;
立监佐史,尔室无纵欲③乱心。

【注】① 端行:谓直身而行。谨言,即"谨言慎行"。说话小心,行动谨慎。
② 反身:反过来要求自己;自我检束。
③ 纵欲:谓放纵私欲,不加克制。

民不可欺,常忧获戾①于百姓;
官非易做,惟愿推恩到万家。

——清·魏源

【注】① 获戾:得罪;获咎。

② 推恩:广施恩惠;移恩。《孟子·梁惠王上》:"故推恩足以保四海,不推恩无以保妻子。"

耳达四聪①,瑕累②者期于录用;
网开三面③,危疑者许以自新。

【注】① 耳达四聪:听闻广泛。《书·舜典》:"明四目,达四聪。"

② 瑕累:为小缺点所累。

③ 网开三面:喻法令宽大,恩泽遍施。

一代雄才①,民主共商天下计;
千年伟业,阳光普照万人心。

【注】① 雄才:即"雄才大略",谓杰出的才智。《三国志·魏书·武帝纪》:"程昱说公曰:'观刘备有雄才而甚得众心,终不为人下,不如早图之。'"

为国分忧,不减当年青云志①;
与民同乐,应知此日白首②心。

【注】① 青云志:喻指远大的志向。唐·张九龄《照镜见白发》诗:"宿昔青云志,蹉跎白发年。"

② 白首:犹白发,表示年老。前蜀·韦庄《与东吴生相遇》诗:"十年身事各如萍,白首相逢泪满缨。"

老老实实,少讲空话少误国;
兢兢业业①,多干实事多兴邦②。

【注】① 兢兢业业:小心谨慎,认真负责。《书·皋陶谟》:"兢兢,业业,一日二日万几。"孔传:"兢兢,戒慎;业业,危惧。"

② 兴邦:使国家兴盛起来。《论语·子路》:"一言而可以兴邦,有诸?"

能上能下,空心竹有低头叶;
又官又民,傲骨②梅无仰面花。

【注】① 傲骨:喻高傲不屈的性格。

清正廉明①,事事为人民作主;
谦虚谨慎②,时时以公仆自居。

【注】① 清正廉明:廉洁公正;清白正直。汉·王充《论衡·累害》:"清正之仕,抗行伸志。"
② 谦虚谨慎:虚心、恭顺而慎重。

出谋献策提意见,敬请上座;
请客送礼拉关系,谢绝登门。

耿耿①公仆情,情通民间冷暖;
拳拳②赤子心,心系祖国兴衰。

【注】① 耿耿:形容忠诚。清·顾炎武《答次耕书》:"耿耿此心,终始不变。"
② 拳拳:形容恳切。汉·司马迁《报任安书》:"拳拳之忠,终不能自列。"

高屋建瓴①,中枢②决策赖民主;
春风快马,帷幄运筹有智囊③。

【注】① 高屋建瓴:在房屋顶上用瓶子往下倒水,形容居高临下的形势。此谓高瞻远瞩的局面。
② 中枢:中央。
③ 帷幄运筹:即"运筹于帷幄"。谓在室内谋划战事。《汉书·高帝纪下》:"夫运筹帷幄之中,决胜千里之外,吾不如子房(张良)。"此谓谋划。智囊,足智多谋的人。

明灯高照,举贤任能兴国计①;
宏图尽展,富民强国利众生。

【注】① 国计:治国的方针大计。

　　　　整顿世风①,激浊扬清②崇正气;
　　　　发扬民主,集思广益绘新图。

【注】① 世风:社会风气。
　　② 激浊扬清:谓斥恶奖善。

　　　　旰食宵衣①,憔悴换来民富裕;
　　　　扬清激浊,长征尤赖党风纯。

【注】① 旰食宵衣:日已晚方进食,天未明即穿衣。形容帝王勤于政事。唐·白居易《长庆集》附陈鸿《长恨歌传》:"玄宗在位岁久,倦于旰食宵衣,政无大小,始委于右丞相。"

　　　　公仆循公,公事奉公依公办;
　　　　主人做主,主张民主护主权。

　　　　龙腾虎跃,处处竞开新局面;
　　　　水绿山青,时时皆是艳阳天。

　　　　华夏腾飞,时势造就人才广;
　　　　巨龙昂首,英雄创建业绩丰。

　　　　为民造福,何辞苦了我一个;
　　　　克己奉公,但愿乐着十亿人。

　　　　官本亲民①,愿以清廉对父老;
　　　　位膺司牧②,期将幸福溥闾阎③。

【注】① 亲民:亲自治理民众。亦谓关怀爱护民众。汉·桓宽《盐铁论·箴石》:"县

官所招举贤良文学,而及亲民伟仕,亦未见其能用箴石而医百姓之疾也。"
② 司牧:地方长官。
③ 闾阎:指平民百姓。

  伯乐^①常在,何愁没有千里马;
  青山不老,哪怕不出栋梁材。

【注】① 伯乐:喻指有眼力,善于发现、选拔、使用出色人才者。唐·韩愈《杂说四》:"世有伯乐,然后有千里马,千里马常有,而伯乐不常有。"

  老前辈举贤荐能,高风亮节;
  新一代承前启后,继往开来。

  无私无畏,哪怕献身为真理;
  有胆有识,岂能屈膝对强权。

  学准则,立党为公,一尘不染;
  做公仆,餐风饮露,两袖清风。

  仕于朝者,以馈遗^①及门为耻;
  任于外者,以苞苴^②入都为羞。

【注】① 馈遗:馈赠。《史记·孝武本纪》:"人闻其能使物及不死,更馈遗之,常馀金钱帛衣食。"
② 苞苴:馈赠的礼物。

  非要誉^①,非内交^②,此谓民父母;
  无伐善^③,无施劳,以保我子孙。

【注】① 要誉:猎取荣誉。《孟子·公孙丑上》:"今人乍见孺子将入于井,皆有怵惕恻隐之

心,非所以内交于孺子之父母也,非所以要誉于乡党朋友也。"
② 内交:结交。
③ 伐善:夸耀自己的长处。《论语·公孙长》"愿无伐善,无施劳。"朱熹《论语集注》:"伐,夸也;善,谓有能。"

守正①不阿,永抱热忱昭白日;
从公为国,敢存私意负青天。

【注】① 守正:恪守正道。《史记·礼书》:"循法守正者见侮于世,奢溢僭差者谓之显荣。"

身为人民官,万事当尽天职①;
我亦公家仆,一心不负人权。

【注】① 天职:指人应尽的义务。

幼学壮行,出为霖雨①佐大计;
集思广益②,岂惟风月③助清谈。

【注】① 霖雨:比喻济世泽民。
② 集思广益:谓集中众人的智慧,博采有益的意见。
③ 风月:指闲适之事。

两袖入清风,静忆此生宦况;
一庭来好月,朗同吾辈心期①。

——清·颜惺甫

【注】① 心期:心愿;心意。

重德重才,潜心①感化失足者;
管教管导,全面挽救迷路人。

【注】① 潜心:专心。

中国教化楹联精选·国事篇

政令①初颁,举国欢腾庆胜利;
普法肇始②,凯歌迭奏③颂升平。

【注】① 政令:政策和法令。
② 肇始:发端;开始。
③ 迭奏:交替或轮流奏乐。

政令落实冤假错,铭心镂骨①;
法制严明奸邪恶,勒马回头②。

【注】① 铭心镂骨:即"刻骨铭心"。形容感念甚深、永记不忘。
② 回头:谓有所觉悟而改变原来的想法或行为。

横眉冷对,徇私枉法①丑恶假;
俯首甘为,廉洁奉公美善真。

【注】① 徇私枉法:即"徇私舞弊"。为了私情而弄虚作假。

学宪法明是非,办事有尺度;
懂法律分曲直①,行动按规章。

【注】① 曲直:是非;有理无理。《荀子·王霸》:"不卹是非,不治曲直。"

刑期无刑①,判来笔下常防纵;
痛定思痛②,跪到阶前已悔迟。

【注】① 刑期无刑:谓刑法的最终目的在于教育人民恪守法律,从而达到不用刑罚的目的。
② 痛定思痛:谓创伤平复或悲痛的心情平静之后,回想当时所遭遇的痛苦。含有吸取教训,警惕未来的意思。

先天下之忧而忧,忧得其所;
后天下之乐而乐,乐在其中①。

【注】① 乐在其中:谓其中自有乐趣。《论语·述而》:"饭疏食饮水,曲肱而枕之,乐亦在其中矣。"

红日不留半点情,锄邪扶正①;
春风总管万家事,送暖驱寒。

【注】① 锄邪:即"锄奸",铲除奸诈的人或通敌的奸细。扶正,扶持正道。

只为民莫为名,才能威振八面;
光想利不想劳,必然楚歌四方①。

【注】① 楚歌四方:即"四面楚歌",比喻四面被围,陷入孤立危急的困境。此谓失败或没有出路。

革命无坦途①,艰苦奋斗春情畅;
生财有正道②,信义③勇为喜气盈。

【注】① 坦途:宽广平坦的大路。
② 生财:增加财富;发财。《礼记·大学》:"生财有大道,生之者众,食之者寡,为之者疾,用之者舒,则财恒足矣。"正道,即正路。此句谓合法地赚取钱财。
③ 信义:信用与道义。

为国家为人民,哪怕鞠躬尽瘁;
求安定求团结,何辞万苦千辛。

问寒问暖,时时体察①群众疾苦;
知冷知热,处处关心人民健康。

【注】① 体察:体贴照料。清·纪昀《阅微草堂笔记·滦阳消夏录四》:"先姚安公亦不以常媪遇之。余及弟妹皆随之眠食,饥饱寒暑,无一不体察周至。"

发扬好作风,喜看后辈学前辈;
继承老传统,敞开前门堵后门①。

【注】① 后门:原意为退路,出路。后引申为通融或舞弊的途径,"走后门"被视为不正当的行为。

扬长避短,人尽其才,物尽其利;
开源节流①,取之以道,用之以时。

【注】① 开源节流:开辟财源,节约开支。《荀子·富国》:"百姓时和,事业得叙者,货之源也;等赋府库者,货之流也。故明主必谨养其和,节其流,开其源,而时斟酌焉。"

享受莫追求,几见膏粱①成伟业;
艰难何所惧,由来穷困出英雄。

【注】① 膏粱:指富贵人家及其后嗣。晋·袁宏《后汉纪·顺帝纪二》:"诸侍中皆膏粱之馀,势家子弟,无宿德名儒可顾问者。"

做几件可流传①之事,消磨②岁月;
会几个有识见③的人,论说古今。

【注】① 流传:传下来;传播开。《墨子·非命中》:"声闻不废,流传至今。"
② 消磨:消遣;闲度。
③ 识见:见解;见识。

好学近智,力行近仁,知耻近勇;
在官惟明,莅事①惟平,立身②惟清。

【注】① 莅事:即"莅政"。掌管政事。《韩非子·喻老》:"楚庄王莅政三年,无令发,无政为也。"
② 立身:处世,为人。

清心以尽心①,意外升沉②皆定数;
办事勿多事,个中③界限无分明。

——清·李光庭

【注】① 清心:心地恬静,无思无虑。《资治通鉴·晋武帝咸宁五年》:"省吏不如省官,省官不如省事,省事不如清心。"尽心,竭尽心力。
② 升沉:升降。旧时谓仕途得失进退。
③ 个中:此中,其中。宋·陆游《对酒》:"个中妙趣谁堪语,最是初醺未醉时。"

民气①渐皆春,社鼠城狐知敛迹②;
臣心常似水,带牛佩犊③想成风。

——清·陈钟祥

【注】① 民气:指民众的精神、气概。《管子·内业》:"是故民气,杲乎如登于天,杳乎如入于渊,淖乎如在于海。"
② 社鼠城狐:城墙洞中的狐狸,社坛里的老鼠。比喻有所凭依而为非作歹的人。敛迹,收敛形迹。谓有所顾忌而不敢放肆。
③ 带牛佩犊:汉宣帝时,渤海郡一带发生饥荒,龚遂被任命为渤海太守,劝民务农。见民有持刀带剑者,使卖剑买牛,卖刀买犊。

要办事,莫生事①,要任怨②,莫敛怨③;
可兴利,毋近利,可急功,毋喜功。

——清·黎世序

【注】① 生事:制造事端;发生事变、惹事。
② 任怨:即"任劳任怨"。谓做事不辞劳苦,不怕埋怨。
③ 敛怨:谓招惹怨恨。

不畏难,不苟安,惟恐有亏工作;
莫徇情,莫违法,祇期毋负民生。

治赋有常经,勿施小恩忘大体①;
驭官②无别法,但存公道去私情。

——清·陈士杰

【注】① 大体:重要的义理,有关大局的道理。《史记·平原君虞卿列传论》:"(平原

君)未睹大体。"

② 驭官:统御属吏。即管理好官吏。

同心同德搞建设,多干实际工作;
群策群力创大业,不做表面文章。

去掉衙门习气,事事为人民作主;
发扬廉正作风,时时拜群众为师。

能除天下之忧者,必享天下之乐;
能扶天下之危者,必据天下之安。

深仇常自爱中来,宜防刀头之蜜①;
大恶②多从柔处伏,须防绵里之针③。

【注】① 刀头之蜜:喻贪小失大,利少害多。语出《四十二章经》:"财色之于人,譬如小儿贪刀刃之蜜,甜不足一食之美,且有截舌之患也。"
② 大恶:大恶行;大罪过。《左传·庄公二十四年》:"先君有共德,而君纳诸大恶,无乃不可乎?"
③ 绵里针:比喻外柔和而内尖刻。

庶绩①咸熙,在明德②,在亲民③,在止善;
恪尽职守,勿侵官,勿违法,勿欺天。

【注】① 庶绩:各种事业。《书·尧典》:"允釐百工,庶绩咸熙。"孔传:"绩,功也;言众功皆广。"
② 明德:光明之德;美德。《逸周书·本典》:"今朕不知明德所则,政教所行,字民之道,礼乐所生,非不念,念而不知,敬问伯父。"
③ 亲民:亲近爱护民众。《管子·形势解》:"道之纯厚,遇之有实,虽不言曰'吾亲民',而民亲矣。"此数语出自《礼记·大学》:"大学之道,在明明德,在亲民,在

止于至善。"

万事莫苛求①,只要大家共守此法;
一心惟清白②,期与斯民相见以诚③。

【注】① 苛求:过严过分地要求。
② 清白:特指廉洁,不贪腐。
③ 相见以诚:即"以诚相待"。

天理①国法人情,无论公私皆要顾;
热血良心勇气,任何境界不能移。

【注】① 天理:宋代理学家把封建伦理看作永恒的客观道德法则,称"天理"。宋·朱熹《答何叔京》之二八:"天理只是仁、义、礼、智之总名,仁、义、礼、智便是天理之件数。"亦泛指道义。

天罗网里①,群凶目瞪口呆愁末日;
民主旗下,万众眉飞色舞喜来朝。

【注】① 天罗网里:即"天罗地网"。天空地面遍张罗网。比喻法禁森严,难以逃脱。

学法律,辨忠邪①,改天换地走富路;
讲文明,分善恶,尊老爱幼树新风。

【注】① 忠邪:忠正与邪奸。晋·殷仲文《解尚书表》:"宜其极法,以判忠邪。"

克己奉公①,同人民群众,患难与共②;
疾恶如仇③,对犯罪分子,执法如山。

【注】① 克己奉公:约束自己,以公事为重。《后汉书·祭遵传》:"遵为人廉约小心,克己奉公,赏赐辄尽与士卒,家无私财,身衣韦绔布被,夫人裳不加缘。"
② 患难与共:愿与大家同甘共苦。《史记·越王勾践世家》:"越王为人长颈鸟喙,可与共患难,不可与共乐。"
③ 疾恶如仇:痛恨坏人坏事像痛恨仇敌一样。

无倾向①,无偏私②,只认得这个理字;
不附势③,不阿强④,但凭得一点公心。

【注】① 倾向:犹趋势。
② 偏私:袒护私情,不公正。《三国志·蜀书·诸葛亮传》:"不宜偏私,使内外异法也。"
③ 附势:阿附权势。《书·仲虺之诰》:"简贤附势,实繁有徒。"孔传:"贤而无势则略之,不贤有势则附之。"
④ 阿强:语出南北朝·宋·沈约《宋书·郑鲜之传》:"性刚直,不阿强。"引申为不屈从于强权。

读书人惟这重衙门,可以无妨出入;
做官的当此种职分,也要有些作为①。

——清·沈逢吉

【注】① 作为:指人在事业中的建树与成就。

除腐败为民当公,公自能明①明久远;
倡廉洁居官应廉,廉自生威威长存。

【注】① 公自能明:即"公生明"。语出《荀子·不苟》:"公生明,偏生暗。"谓公正便能明察事理。

罔违道,罔咈民①,真正公平,心斯无怍;
不容情,不受贿,招摇撞骗,法所必严。

【注】① 罔咈民:不要违背民众的心意。

智欲圆而行欲方①,胆欲大而心欲细;
正其谊不谋其利②,明其道不计其功。

【注】① 智欲圆而行欲方:谓智虑周到通达,行为端方不苟。语出《文子·微明》:"老子曰:'凡人之道,心欲小,志欲大;智欲圆,行欲方。'"
② 正其谊不谋其利:即"正谊"。谓辩正意义。语出汉·班固《汉书·董仲舒传》:"正其谊不谋其利,明其道不计其功。"

职在地方,但无忘该管地方,即为尽职①;
民呼父母,倘难对自家父母,何以临民②。

【注】① 尽职:做好职责范围内应做的事。
② 临民:治民。《后汉书·崔寔传》:"初,寔在五原,常训以临民之政,寔之善绩,母有其助焉。"

视曰民视①,听曰民听,头上青天可畏;
溺由己溺,饥由己饥②,眼前赤子如伤。

【注】① 视曰民视:即"视民如伤"。形容帝王、官吏极其顾恤民众疾苦。语出《左传·哀公元年》。
② 饥由己饥:即"饥溺"。比喻民众的生活极其困苦。语出《孟子·离娄下》。

处众固宜和①,尤当具强毅②莫能夺之力;
持己③须以正,要贵有圆通④不可拘之权。

【注】① 处众固宜和:谓和群众相处,一定要以和蔼的态度,公平对待每一个人每一件事,以和为贵。
② 强毅:刚强坚定,有毅力。《礼记·儒行》:"上不臣天子,下不事诸侯;慎静而尚宽,强毅以与人。"
③ 持己:犹持身。
④ 圆通:通达事理,处事灵活。

无事莫生事①,有事莫畏事,此之谓解事②;
在官勿旷官③,去官勿恋官,乃可以服官④。

【注】① 生事:制造事端,惹事。
② 解事:通晓事理。
③ 旷官:指不称职。《书·皋陶谟》:"无旷庶官,天工,人其代之。"孔传:"旷,空也,位非其人为空官。"
④ 服官:为官;做官。《礼记·内则》:"五十命为大夫,服官政。"

人苦不自知,所靠日日省身,时时改过;
弊去其太甚,何必纷纷空论,事事更新。

问俗采风①,使各乡同胞毋留一毫隐痛;
安民察吏,愿本县公仆不存半点私心。

【注】① 问俗采风:采集歌谣,访问风俗。

有守尤贵有为,徒博清名①,何补民生国计;
善政②不如善教,但夸济干,犹惭制锦③烹鲜。

——清·郑佐廷

【注】① 清名:清美的声誉。
② 善政:清明的政治;良好的政令。《书·大禹谟》:"德惟善政,政在养民。"
③ 制锦:谓贤者出任县令。烹鲜,喻治国便民之道,亦比喻政治才能。语出《老子》:"治大国若烹小鲜。"

随时以法言巽语①相规,为诸君导迎善气;
斯民当火热水深②之后,赖良吏默挽天心③。

——清·曾国藩

【注】① 法言:合乎礼法的言论。《孝经·卿大夫章》:"非先王之法言不敢道,非先王之德行不敢行。"巽语,即"巽言"。谓恭顺委婉的言辞。
② 火热水深:比喻人民生活处境异常艰难痛苦。
③ 良吏:贤能的官吏。天心,犹天意。《书·咸有一德》:"克享天心,受天明命。"

重门洞开,要事事勿负寸心,方称良吏;
高山仰止①,莫矜矜不持一石,便算清名。

——清·于成龙

【注】① 高山仰止:比喻行为正大光明。《诗·小雅·车辖》:"高山仰止,景行行止。"

贫贱何妨,只要把物与民胞①安排下去;
精神能固,却须从冰天雪地磨炼过来。

——蔡元培

【注】① 物与民胞:宋·张载《西铭》:"民吾同胞,物吾与也。"意谓世人皆为我的同胞;万物俱是我的同辈。后指泛爱一切人和物。

为政不在多言,须息息从省身①克己而出;
当官务持大体,思事事皆民生国计所关。

——清·赵慎畛

【注】① 息息:犹言时时刻刻。省身,即"省身克己。"检查自己的过失,克制自己的非分之想。

操国家最高法权,之纪之纲,有条不紊①;
参中外普通律例,为轻为重,各得其平。

【注】① 有条不紊:谓有条理,有次序,一点不乱。语出《书·盘庚上》:"若网在纲,有条而不紊。"孔传:"紊,乱也。"

那怕你混杂紫朱①案下,两造②人不难对质;
须知我判明皂白③庭前,三尺法岂肯容情④。

【注】① 紫朱:亦作"朱紫",比喻正邪或真伪。《论语·阳货》:"恶紫之夺朱也,恶郑声之乱雅乐也,恶利口之覆邦家者。"
② 两造:指诉讼的双方,原告和被告。
③ 皂白:黑与白。多比喻是与非。
④ 三尺法:指法律。古代以三尺竹简书法律,故称。容情,犹徇情,宽容。

胞与①是其怀,宪法是其心,方可为万民代表;
利禄不能诱,威武不能屈,全凭此一点天良。

【注】① 胞与:"民胞物与"之省称。犹言泛爱一切人与物。

民心即在吾心,信不易孚①,敬两公先慎尔独;
国事当如家事,力所难勉,持其平还酌其通。

【注】① 孚:使人信服。《诗·大雅·下武》:"王配于京,世德作求。永言配命,成王之孚。"郑玄笺:"孚,信也。此为武王言也……"信不易孚,谓自己所奉行诚信是不会改变的。

官要虚心,纵能发伏①厘奸,须识我得情勿喜;
民宜守分②,若到违条犯法,可怜汝无路求生。
——清·邓廷桢

【注】① 发伏:揭露隐蔽的坏人坏事。《三国志·魏志·仓慈传》:"或哀矜折狱,或推诚惠爱,或治身清白,或摘奸发伏,咸为良二千石。"
② 守分:安守本分。

长吏①多从耕田凿井而来,视民事②须如家事;
吾曹③同讲补过④尽忠之道,凛心箴即是官箴。

【注】① 长吏:旧称地位较高的官员。《汉书·景帝纪》:"吏六百石以上,皆长吏也。"
② 民事:犹国政。
③ 吾曹:犹我辈,我们。
④ 补过:补救过失。《易·系辞上》:"无咎者,善补过也。"

上为国,下为民,战惕若春冰①,乃合真共和宪法;
仰不愧②,俯不怍,清廉如秋水,斯称第一等好官。

【注】① 战惕:惊悸;恐惧。宋·范仲淹《遗表》:"言逐涕零,命随疏殒,臣无任惶惧战惕之至。"春冰,春天的冰。因其薄而易裂,多喻指危险的境地或容易消失的事物。《书·君牙》"心之忧危,若蹈虎尾,涉于春冰。"
② 仰不愧:即"俯仰无愧",谓立身端正,上对天,下对人,都问心无愧。语出《孟子·尽心上》。

中国教化楹联精选·国事篇

虽贤哲①不免过差,愿诸君谠论忠言,常攻吾短;
凡堂属②略同师弟,使僚友行修③名立,方尽我心。

——清·曾国藩

【注】① 贤哲:贤明睿智的人。
② 堂属:堂官和属员;下属成员。
③ 僚友:同官的人。行修,品行端正。《荀子·致士》:"礼及身而行修,义及国而政明。"

为政戒贪,贪利贪,贪名亦贪,勿骛声华①忘政事;
养廉惟俭,俭己俭,俭人非俭,还从宽大保廉隅②。

——清·薛时雨

【注】① 声华:犹言声誉荣耀。《淮南子·俶真训》:"今夫积惠重厚,累爱袭恩,以声华呕符妪掩万民百姓,使知之䜣䜣然人乐其性者,仁也"。
② 廉隅:比喻端方不苟的行为、品性。《礼记·儒行》:"近文章,砥厉廉隅。"

若贪百姓一文钱,不怕堂阶下,如见肺肝,慢说强项①;
既受朝廷五斗米②,当思殿陛间,自联背拨,何妨折腰。

——清·张荣伦

【注】① 强项:谓刚正不为威武所屈。
② 五斗米:指微薄的官俸。

眼前百姓即儿孙,莫谓百姓可欺,当留下儿孙地步;
堂上一官称父母,漫道一官好做,还尽些父母恩情。

动而世为天下道,行而世为天下法,言而世为天下则;
小固不可以敌大,寡固不可以敌众,弱固不可以敌强。

中国教化楹联精选·国事篇

累万盈千,尽是朝廷正赋①,倘有侵凌②,谁替你披枷戴锁③;
一丝半粒,无非百姓脂膏④,不加珍惜,怎晓得男盗女娼。

——清·于成龙

【注】① 正赋:主要的赋税。指地丁税等。
② 侵凌:侵占;夺取。
③ 披枷戴锁:谓罪犯套上枷锁等刑具。比喻受到法律制裁。
④ 脂膏:比喻人民用血汗换来的财富。

删繁就简,推文山,倒会海,整顿叠床架屋之臃肿机构;
除旧布新,灭宗派,绝权欲,树立勤政爱民的廉洁作风。

吃百姓之饭,穿百姓之衣,莫道百姓可欺,自己也是百姓;
得一官不荣,失一官不辱,勿说一官无用,地方全靠一官。

【注】① 该联现挂于河南内乡县衙博物馆三省堂前,由康熙十九年时任内乡知县高以永所题。2013年11月26日,习近平在山东菏泽召开座谈会时,给市、县委书记们念了这副楹联。他说,对联以浅显的语言揭示了官民之间的关系,封建时代的官吏尚有这样的认识,今天的共产党人,应该比这个境界高得多。

念兹地土瘠民贫,惟勤以补拙①,俭以养廉,庶几惭于夙夜②;
想当年老大言高,谓学欲匡时③,功欲济世,敢或忘此襟期④。

——清·李拔

【注】① 勤以补拙:即"勤能补拙"。谓勤奋能够弥补笨拙。宋·邵雍《寻笔吟》:"弄假像真终是假,将勤补拙总输勤。"
② 庶几:近也,古成语,犹今语所谓"差不多"。夙夜,朝夕,日夜。《书·旅獒》:"夙夜罔或不勤。不矜细行,终累大德。"孔传:"言当早起夜寐。"
③ 匡时:即"匡时济世",亦作"匡时济俗。"谓匡救时世。
④ 襟期:犹心期,指人与人之间的相互期许。

察吏所以安民,勤以为标,廉以为本,公以为体,明以为用;
理财必先絜矩,生之者众,食之者寡,为之者疾,用之者舒。

地当黄运之中,水欲治,漕①欲通,千里河流,涓滴②皆从心上过;
官作军民之主,宽以恩,严以法,一方士庶③,笑啼都到眼前来。

——清·张鼎

【注】① 漕:水道运输。《逸周书·文传》:"是故土多,发政以漕四方,四方流之。"
② 涓滴:比喻极小的事物。唐·柳宗元《为王京兆贺雨表一》:"渥泽徒加,涓滴无助。"
③ 士庶:士人和普通百姓,亦泛指人民。《管子·大匡》:"君有过,大夫不谏;士庶人有善,而大夫不进,可罚也。"

官有典常,任一日则尽一日之心,况兼地广事繁,敢不夙兴夜寐①;
民供正课②,宽几分则受几分之惠,纵使时丰岁稔③,常如怨暑咨寒。

——清·孙治

【注】① 夙兴夜寐:起早睡晚。形容勤劳。《诗·大雅》:"夙兴夜寐,洒扫庭内,维民之章。"
② 正课:正式的赋税。
③ 时丰岁稔:年成丰熟。唐·白居易《泛渭赋序》:"上乐时和岁稔,万物得其宜。"

治军联

一子入伍①；
全家光荣。

【注】① 入伍：参军。

心向祖国；
志在边防。

军民义重；
鱼水情深。①

【注】① 鱼水情深：形容军民极其亲密的情谊，就如同鱼和水不能分离一样。

长缨①在手；
壮志萦怀②。

【注】① 长缨：指捕缚敌人的长绳。《汉书·终军传》："军自请：'愿受长缨，必羁南越王而致之阙下。'"
② 萦怀：牵挂在心。

铜墙铁壁①；
富国强民。

【注】① 铜墙铁壁：谓国防强大，坚不可摧。

鱼铃①奏绩；
凤纪②书元。

【注】① 鱼钤:武略。鱼,鱼符,韬钤。指军事谋略。唐·许景先《送张说巡朔方应制》诗:"龙虎三军气,鱼钤五校名。"
② 凤纪:犹凤历。

效忠①祖国;
保卫边疆。

【注】① 效忠:竭尽忠诚。《新唐书·陆贽传》:"接不以礼则其徇义轻,抚不以情则其效忠薄。"

枕戈待旦①;
卫国保家。

【注】① 枕戈待旦:枕着兵器,等待天亮。形容时刻警惕敌人,准备作战。《晋书·刘琨传》:"吾枕戈待旦,志枭逆虏,常恐祖生先吾著鞭。"

折冲①千里;
董正②六师。

【注】① 折冲:使敌人的战车后撤。即制敌取胜。冲,战车的一种。《吕氏春秋·召类》:"夫修之于庙堂之上,而折冲于千里之外者,其司城子罕之谓乎。"
② 董正:监督纠正;监察整顿。《书·周官》:"六服群辟,罔不承德,归于宗周,董正治官。"

丹心①昭日月;
碧血②耀春秋。

【注】① 丹心:赤诚的心。
② 碧血:指为国牺牲的精神。

风尘三尺剑①;
社稷一戎衣②。

【注】① 风尘:比喻战乱、戎事。《后汉书·班固传》:"设后北房稍强,能为风尘,方复

求为交通,将何所及。"三尺剑,古剑长凡三尺,故称。

② 一戎衣:谓用兵作战。《礼记·中庸》:"武王缵大王、王季、文王之绪,壹戎衣而有天下。"

号角传捷报;
军旗奏凯歌。

著鞭①怀祖逖;
投笔效班超。

【注】① 著鞭:《晋书·刘琨传》:"吾枕戈待旦,志枭逆虏,常恐祖生先吾著鞭。"后常用以勉人努力进取。

宏谋抒虎啸①;
士气奋鹰扬②。

【注】① 宏谋:远大的谋略。虎啸,比喻英杰得时奋起,四方风从,如风虎相感。语出《易·乾》:"云从龙,风从虎。"

② 士气:军队的斗志。鹰扬,威武。《诗·大雅》:"维师尚父,时维鹰扬。"毛传:"鹰扬,如鹰之飞扬也。"

战士喜骏马;
英雄爱红花。

芳名垂青史①;
勋业昭国光②。

【注】① 芳名:美名。青史,古代以竹简记事,故称史籍为青史。

② 勋业:功业。《三国志·魏志·傅嘏传》:"子志大其量,而勋业难为也,不可慎哉!"国光,本指国家的礼乐文物。后多指国家的威望和荣誉。

三军雄虎节^①；

万里壮龙韬^②。

【注】① 虎节:亦作"虎符"。周代山国使者出行时所持的符节。《周礼·地官·掌节》:"凡邦国之使节,山国用虎节,土国用人节,泽国用龙节,皆金也。"郑玄注:"使节,使卿大夫聘于天子诸侯,引道所执之信也。土,平地也。山多虎,平地多人,泽多龙,以金为节铸象焉。"

② 龙韬:太公望兵法《六韬》之一。泛指兵法、战略。

功名为祖国；

荣誉属人民。

柳营^①春试马；

虎帐^②夜谈兵。

【注】① 柳营:汉周亚夫为将军,治军严谨,驻马细柳,号细柳营。后称严整的军营为"柳营"。

② 虎帐:旧指将军的营帐。

丹心扶社稷；

铁骨护山河。

投鞭断流^①渡险；

击鼓飞旗夺关。

【注】① 投鞭断流:前秦苻坚将攻东晋,部下石越认为晋有长江之险,不可轻动。苻坚说:"以吾之众旅,投鞭于江,足断其流,何险之足恃?"见《晋书·苻坚载记下》。后遂以"投鞭断流"形容兵众势大,攻无不克。

炼出金睛火眼；

筑成铁壁铜墙^①。

中国教化楹联精选·国事篇

【注】① 铁壁铜墙:亦作"铜墙铁壁"。比喻国防的巩固。

一腔热血洒疆场①；
万家歌舞乐升平。

【注】① 疆场:战场。

一树红梅掩哨所；
满腔热血保边疆。

万古勋名①垂史册；
千秋义勇②壮山河。

【注】① 勋名:功名。《后汉书·张奂传》:"及为将帅,果有勋名。"
② 义勇:谓义师。

万众齐心卫祖国；
千军协力固长城。

文能安邦①定天下；
武可治国保乾坤。

【注】① 安邦:使国家平安稳定。

壮士上阵无敌手；
炮弹出膛扫狼烟①。

【注】① 狼烟:燃狼粪升起的烟。古时边防用作军事上的报警信号。唐·杜牧《边上闻笳》诗:"何处吹笳薄暮天,塞垣高鸟没狼烟。"

立功喜报添春色；
战绩勋章耀门庭。

中国教化楹联精选·国事篇

四海共沐英雄福；
万民同敬烈士家。

功重神州千秋颂；
名垂史册万代歌。

从戎①为有英雄志；
报国常多忠义心。

【注】① 从戎：投身军旅。

先辈无敌驰疆场；
后生有志兴中华。

兴邦有策苍生福①；
卫国保家赤子心。

【注】① 兴邦：使国家兴盛起来。《论语·子路》："一言而可以兴邦，有诸？"苍生，指百姓。《文选·史岑〈出师颂〉》："苍生更始，朔风变楚。"

每思祖国金汤固①；
常忆英雄铁甲②寒。

【注】① 金汤固：即"固若金汤"。喻国防坚不可摧。《汉书·蒯通传》："必将婴城固守，皆为金城汤池，不可攻也。"
② 铁甲：古代用铁片连缀成的战衣。

壮志凌云真俊杰；
精忠报国是英雄。

继往开来追壮志；
光前裕后慰英灵①。

【注】① 光前裕后:光耀祖先,造福后代。英灵,指杰出的人才。此对死者的美称。

报祖国而戍边隅①；
执干戈②以卫家园。

【注】① 边隅:犹边境。
② 干戈:干和戈是我国古代常用的兵器,因以"干戈"用作兵器的通称。亦喻为战争。

守海疆披肝沥胆①；
驭铁鲸破浪迎风。

【注】① 披肝沥胆:比喻竭尽忠诚。亦谓真诚相见。

戈戟驰驱①挥落日；
旌旗彪炳②舞春风。

【注】① 戈戟:戈和戟。泛指兵器。驰驱,策马疾驰。
② 旌旗:旗帜的总称。此谓"军旗","帅旗"。彪炳,辉耀;照耀。

独有英雄驱虎豹；
更无豪杰怕熊罴①。

【注】① 熊罴:熊与罴。皆为猛兽。此处喻勇士或雄师劲旅。

令严钟鼓三更月；
野宿貔貅①百万兵。

【注】① 貔貅:猛兽名。此谓勇猛的军队。唐·刘禹锡《送唐舍人出镇闽中》诗:"暂辞鸳鹭出蓬瀛,忽拥貔貅镇粤城。"

蹈火赴汤①驱外寇；
枕戈待旦守边疆。

【注】① 蹈火赴汤:即"赴汤蹈火"。谓不畏危难。汤,滚水。

英名万里传虎将①；
浩气千秋壮国威。

【注】① 虎将:勇猛的将士。

金戈铁马①英雄第；
卫国干城②战士家。

【注】① 金戈铁马:指战争,兵事。
② 干城:比喻捍卫或捍卫者。

归田①不失疆场志；
解甲②犹怀战士情。

【注】① 归田:谓辞官回乡务农。
② 解甲:指武将辞免官职。

愿与人民同甘苦；
誓同山河共存亡。

祖国江山,铜墙铁壁；
英雄儿女,众志成城。

人民功臣,万民尊敬；
一代英烈,百代流芳。

中国教化楹联精选·国事篇

有险必夷①,铁甲开路;
无攻不克②,正义在胸。

【注】① 有险必夷:即"化险为夷"。谓化险阻为平易,转危为安。
② 无攻不克:即"攻无不克"。谓攻打城池,没有攻不下的。形容英勇善战,百战百胜。

国运昌隆,英雄胆壮;
金瓯无恙①,烈士心安。

【注】① 金瓯无恙:即"金瓯无缺。"比喻国土完整。明·徐弘祖《徐霞客游记·黔游日记一》:"但各州之地,俱半错卫屯,半沦苗孳,似非当时金瓯无缺矣。"

御寇执殳①,全民敌忾②;
枕戈待旦,举国同仇。

【注】① 御寇:抗击敌寇。执殳,《诗·卫风·伯兮》:"伯也执殳,为王前驱。"毛传:"殳,长丈二而无刃。"后指为皇室效力或做士兵。
② 敌忾:即"同仇敌忾"。指抱着无比仇恨和愤怒,共同一致地对付敌人。

镇守①边陲,功高天宇;
鏖战②疆场,气盖山河。

【注】① 镇守:指军队驻扎在重要的地方防守。
② 鏖战:激烈地战斗;苦战。

民富国强,天下大治①;
兵精粮足,社会小康。

【注】① 大治:谓政治修明,局势安定。《礼记·礼器》:"是故圣人南面而立,而天下大治。"

兵不血刃①,攻心②为上;
将自弹琴,夺神方高。

【注】① 兵不血刃:谓血染刀口,指杀人。《荀子·议兵》:"故近者亲其善,远方慕其德,兵不血刃,远迩来服。"
② 攻心:从精神或思想上瓦解对方,使之心服。

　　同泽同袍①,剪除国耻;
　　如荼如火②,严肃军容。

【注】① 同袍:《诗·秦风·无衣》:"岂曰无衣,与子同袍。王于兴师,修我戈矛,与子同仇。"袍,长衣,像后来的斗篷。军人行军时,日以当衣,夜以当被,言同袍以比喻友爱。旧时军人相称同袍或袍泽。
② 如荼如火:荼,是一种开白花的茅草。本指军容之盛,后用来形容气势之盛。

　　龙虎六韬①,发纵指示;
　　熊罴万队,制胜②出奇。

【注】① 六韬:亦作"六弢",兵书名。分文韬、武韬、龙韬、虎韬、豹韬、犬韬六卷。
② 制胜:制服对方以取胜。

　　以保境安民为天职;
　　无争权夺利之私心。

　　铮铮铁骨①,英烈传颂天下;
　　堂堂②卫士,战绩永存千秋。

【注】① 铮铮铁骨:喻坚强不屈的骨气。
② 堂堂:形容阵式或气势很大。

　　卫国保家,为军人天职;
　　同甘共苦,得将士欢心。

中国教化楹联精选·国事篇

劲旅①守边陲,每战必胜;
义师②歼顽敌,无坚不摧。

【注】① 劲旅:精锐的军队。《明史·徐达传》:"此劲旅也,不杀将为后患。"
② 义师:为正义而战的军队。《后汉书·列女传》:"海内兴义师,欲共讨不祥。"

羽扇纶巾①,统韬钤②而御侮;
轻裘缓带③,坐帷幄以运筹。

【注】① 羽扇纶巾:谓大将指挥若定潇洒从容。《太平御览》:"诸葛武侯与宣王在渭滨将战,武侯乘素舆,葛巾,白羽扇,指挥三军。"
② 韬钤:古兵书《六韬》与《玉钤篇》的并称。
③ 轻裘缓带:轻暖的衣裘,宽缓的腰带。形容从容闲适。

戍南疆,秣马厉兵①勤守土;
攀险阻,焚膏继晷②猛攻关。

【注】① 秣马厉兵:喂饱马,磨利兵器。指准备作战。
② 焚膏继晷:唐·韩愈《进学解》:"焚膏油以继晷,恒兀兀以穷年。"膏,油脂,指灯烛;晷,日光。谓夜以继日地勤奋学习。

真英雄守边疆,铜墙铁壁;
好儿女为祖国,赤胆忠心。

富国强兵,克尽①匹夫之责;
守边御敌,愿捐五尺之躯。

【注】① 克尽:竭尽;尽到。

秉风破浪练本领,擒龙①能手;
披星戴月守海域,卫国英雄。

【注】① 擒龙:谓擒获和缚住苍龙,比喻征服了极难征服的人。

参赞①仗奇才,帐上谈兵,规划全凭韬略广;
谋猷②重军政,席前借箸③,指挥尽在笑谈中。

【注】① 参赞:协助谋划。
② 谋猷:计谋;谋略。
③ 借箸:为人谋划。

忠 义 联

贞忠①贯日；
义勇凌云。

【注】① 贞忠:即"忠贞"。忠诚坚贞。

功贯日月；
气壮山河。

鞠躬尽瘁；
死而后已。

千秋忠烈；
百世流芳。

流芳千古；
为国捐躯①。

【注】① 捐躯:为国家为正义而死。

生无媚骨①；
死留芳名②。

【注】① 媚骨:比喻奉承阿谀的气质。陈子范《有感》诗:"生无媚骨艰逢世,死有余羞枉出山。"
② 芳名:犹美名。

忠魂不泯①；
浩气②长存。

【注】① 泯：消灭，消失。常用为死的婉称。
② 浩气：正大刚直之气。

声名贯环宇①；
忠义感乾坤②。

【注】① 环宇：犹天下；宇宙。
② 乾坤：称天地。亦指国家；江山；天下。

丹心昭日月；
正气壮山河。

生当作人杰；
死亦为鬼雄。

忧国①身先殉；
游仙②梦不回。

【注】① 忧国：为国事而忧劳。《战国策·齐策四》："寡人忧国爱民，固愿得士以治之。"
② 游仙：漫游仙界。

政绩今犹在；
清名①终古留。

【注】① 清名：清美的声誉。

青山伴忠骨；
绿水颂英魂。

勋名满天下；
功业在人间。

遗烈①昭青史；
孤忠②表赤心。

【注】① 遗烈:前人遗留的烈节、风操。
② 孤忠:忠贞自持,不求人体察的节操。

临难毋苟免；
杀身以成仁①。

【注】① 杀身成仁:指儒家为了"仁"的最高道德准则而不惜舍弃生命。《论语·卫灵公》:"志士仁人,无求生以害仁,有杀身以成仁。"

先烈精神永在；
英灵浩气长存。

江山主骨还在；
英烈遗风犹存。

禀乾坤之正气；
成天地之大功。

古寨英魂今犹在；
边陲①壮士永流芳。

【注】① 边陲:犹边境。

血沃千山花吐艳；
名传万古史留芳①。

【注】① 留芳:留下好的名声。

江河大地存忠骨;
热泪悲思悼烈魂。

壮烈威名昭日月;
英雄豪气满山川。

守成①大业怀先烈;
开展宏图启后贤。

【注】① 守成:保持前人的成就和业绩。

挥泪继承壮士志;
誓将遗愿化宏图。

烈士英名传万古;
英雄业绩炳千秋。

君子有死而无贰①;
志者杀身以成仁。

【注】① 无贰:谓不要有贰心;没有贰心。

一生忠义山河壮;
千载精神日月光。

一抔黄土掩忠骨;
万卷青史留英明。

先烈精神千秋颂；
英雄浩气万古存。

险夷①不变应尝胆；
道义争担敢息肩②。

——周恩来

【注】① 险夷:艰难与顺利。
② 息肩:休息;停止。

死国埋名①,公等争先入地；
挥戈挽日②,某也何敢贪天③。

——李烈钧

【注】① 死国:为国而死。《史记·陈涉世家》:"陈胜、吴广乃谋曰:'今亡亦死,举大计亦死,等死,死国可乎?'"埋名,姓名埋没。
② 挥戈挽日:即"挥戈回日。"谓力挽危局之典。语出《淮南子·览冥训》:"鲁阳公与韩构难,战酣,日暮,挥戈而扬之,日为之反三舍。"
③ 贪天:即"贪天之功。"本谓以自然成功之事为己功,后多指攘夺他人的功劳。唐·刘知几《史通·序例》:"魏收作例,全取蔚宗,贪天之功以为己力。"

敦厚①同敬,实为前辈表率②；
和谦共仰,堪作后人典型。

【注】① 敦厚:诚朴宽厚。《礼记·经解》:"其为人也,温柔敦厚。"
② 表率:榜样。《汉书·韩延寿传》:"幸得备位,为郡表率。"

捐躯献身,浩气长留寰宇；
舍生取义,英灵含笑苍穹。

气贯长虹①,英烈威名天地久；
功垂史册,光荣称号水流长。

【注】① 气贯长虹:形容正气旺盛,精神崇高。

> 征战①几人还,尸当裹以马革;
> 须臾千古在,死有重于泰山。

【注】① 征战:出征作战。

> 誓扫匈奴,出师未捷身先死①;
> 更摧飞将②,拔剑斫地歌莫哀。

【注】① 出师未捷身先死:谓出征讨敌尚未报捷而身先死去。唐·杜甫《蜀相》诗:"出师未捷身先死,长使英雄泪满襟。"
② 飞将:此指"飞将军",汉时匈奴对汉将李广的称呼。谓行动神速,骁勇善战者。

> 往事昭昭①,亿万世长传宇内;
> 精忠②耿耿,千百年犹在人间。

【注】① 往事昭昭:谓过去发生的事犹如就在眼前。昭昭,明亮。
② 精忠:(对国家、民族)极其忠诚。《宋史·岳飞传》:"帝手书'精忠岳飞'字,制旗以赐之。"

> 功同日月,先烈英名垂青史;
> 誉满山河,英雄遗志展宏图。

> 天若有情,应让四方思义士①;
> 人谁不死,独将千古让先生。

【注】① 义士:恪守大义,笃行不苟的人。汉·刘向《列女传·楚接舆妻》:"义士非礼不动,不为贫而易操,不为贱而改行。"

> 爱惜精神,留此身担当宇宙;
> 蹉跎岁月①,将何日报答君亲。

【注】① 蹉跎岁月:虚度光阴。

　　是五尺男儿,生能为祖国舍己;
　　作千里雄鬼①,死可替家乡增光。

【注】① 雄鬼:即"鬼雄"。鬼中的雄杰。用于称颂壮烈死去人。宋·陆游《书愤》诗:"壮心未与年俱老,死去犹能作鬼雄。"

　　一战遂捐躯,友已尽忠殉国难;
　　三军能用命,我其杀贼报公仇。

　　七十二健儿①,酣战②春云湛碧血;
　　四百兆国子,愁看秋雨湿黄花。

【注】① 健儿:勇士,壮士。
　　② 酣战:激战。

　　节义①凛风霜,碧血千年殷塞草;
　　春秋绵俎豆,黄河九曲咽忠魂。

【注】① 节义:亦作"节谊",谓节操与义行。《管子·君臣上》:"是以上之人务德,而下之人守节义。"

　　浩气壮山河,马革归来①成烈死;
　　大名光史策,豹皮常在想英风。

【注】① 马革归来:即"马革裹尸"。用马皮将尸体包裹起来,谓英勇作战,死于战场。《后汉书·马援传》:"男儿要当死于边野,以马革裹尸还葬耳,何能卧床上在儿女子手中邪?"

　　名垂青简,功耀红旗,万古长怀英烈;
　　气壮丹霄,人埋碧血①,千秋共仰遗容。

【注】① 碧血:指忠臣烈士所流之血。《庄子·外物》:"苌弘死于蜀,藏其血,三年而化为碧。"

　　　百战树功名,跃马横戈①,豺狼丛中争效命;
　　　千秋怀义烈,刑牲②击鼓,麒麟冢畔与招魂。

【注】① 横戈跃马:谓手持武器,纵马驰骋,指在沙场作战。
　　② 刑牲:谓古时为了祭祀或盟约而杀牲畜。

　　　鸿文硕学①蔚儒宗,才过古人,不掩其德;
　　　赤胆忠肝筹国是②,谤③满天下,无损于名。

【注】① 鸿文:巨著;大作。汉·王充《论衡·佚文》:"鸿文在国,圣世之验也。"硕学,指博学的人。
　　② 国是:国策;国家大事。汉·刘向《新序·杂事二》:"愿相国与诸侯士大夫共定国是"。
　　③ 谤:诽谤;毁谤。

　　　死事①念诸君,尚落得一席名山,千秋俎豆;
　　　封侯嗤②我辈,倒不如杖游南岳,钓隐西湖。

　　　　　　　　　　　　　　　　　——清·李鸿章

【注】① 死事:谓死于国事者。《管子·问》:"问死事之孤,其未有田宅者有乎?"
　　② 封侯:封拜侯爵。《史记·卫将军列传》:"人奴之生,得毋笞骂即足矣,安得封侯事乎?"

　　　报国一身轻,死别生离①,沙场战骨深闺梦;
　　　招魂②何处是,山长水远,武昌云树洞庭秋。

【注】① 死别生离:难以再见或永久的别离。
　　② 招魂:招死者之魂。

中国教化楹联精选·国事篇

善战不败,善败不亡,疏论廷诤①,动关至计;
主忧臣辱,主辱臣死,皇天后土,式鉴精忠。

【注】① 疏论廷诤:即"廷论",朝廷上的议论。明·王世贞《少保王公督府奏议序》:"下有不一之将心,而上有不一之廷论。"

碧血洒边陲,青山埋忠骨,忠诚儿女忠诚志;
丹心卫祖国,翠柏伴英魂,英雄时代英雄人。

肝胆比昆仑,喜壮志已酬,能共黄花矜晚节①;
冰心映日月,叹音容顿杳,那堪翘首哭忠魂。

【注】① 黄花晚节:本指菊花能傲霜开放,常比喻人到晚年仍保持高尚的节操。

才若晨星,国如累棋①,希合而支持,乃聚而歼绝;
君等饮弹②,我亦吞炭③,与生也废弃,宁死也芬芳。

【注】① 累棋:堆叠棋子。比喻形势危险,《战国策·秦策四》:"臣闻之:物至而反,冬夏是也。致至而危,累棋是也。"
② 饮弹:犹中弹。
③ 吞炭:谓报恩。战国时豫让受知于智伯,后,韩、赵、魏三家合力攻杀智伯。豫让为报知遇之恩,矢志复仇。于是漆身为厉,吞碳为哑,改变声音形貌,伺机刺杀赵襄子,事败而死。

合十数万人为一龛,武穆①忠肃以还,此成创局;
愿几千百年无再厄,吴山越水之畔,永展明禋②。

【注】① 武穆:即宋抗金英雄岳飞。
② 明禋:洁敬。指明洁诚敬的献享。

收拾起大地山河,志决身歼,自有英名在惇史①;
更能消几番风雨,人亡国瘁,空余遗恨满神州。

【注】① 惇史:谓有德行之人的言行记录。《礼记·内则》:"凡养老,五帝宪,三王有乞言。五帝宪,养气体而不乞言,有善则记之为惇史。"孔颖达疏:"言老人有善德行则记录之,使众人法则,为惇厚之史。"

男儿当马革裹尸,自惭亡命①十年,幸头颅无恙;
建房犹燕巢在幕②,惨闻苦战七日,剩血肉相拚。

【注】① 亡命:此指逃亡者。
② 燕巢在幕:即"燕巢于幕"。燕子在帐幕上筑巢。比喻处境非常危险。语出《左传·襄公二十九年》:"夫子获罪于君以在此,惧犹不足,而又何乐? 夫子之在此也,犹燕之巢于幕上。'"

大节①炳南天,想当年折戟沉沙②,兵气③已随尘劫尽;
崇祠依北郭,望空际云车凤马,英魂都自战场来。

【注】① 大节:关系到存亡安危的大事。《论语·泰伯》:"临大节而不可夺也。"何晏集解:"大节,安国家,定社稷。"
② 折戟沉沙:断戟沉埋在沙里,形容失败惨重。
③ 兵气:战争的气氛。

可以为河岳①,可以为日星,卫国保家,一片丹心辉宇宙;
不知有富贵,不知有功名,捐躯赴敌,满腔碧血洒河山。

【注】① 河岳:泛指山川。

爱国者无辜受戮,窃国者法外逍遥,面对着这残暴措施,谁个不怒发冲冠①;
已死的播下种子,未死的努力耕耘,肩负起此艰难任务,人人都咬紧牙关。

【注】① 怒发冲冠:头发直竖,顶起帽子,形容盛怒。语出《史记·廉颇蔺相如列传》:"相如因持璧却立,倚柱,怒发上冲冠。"

忠臣魂,烈士魄,英雄气,名贤手笔,菩萨心肠,合古今天地之精灵,同此一山结束;

蠡水烟,溢浦月,浔江涛,马当斜阳,匡庐瀑布,把南北东西之胜景,全凭两眼收来。

——清·彭玉麟

臣为国死,弟为兄死,仆为主死,大节萃一门,更能义感灵夔,力挽颓波留正气;

帝鉴其忠,士服其忠,敌畏其忠,丹心照千古,想见魂为厉鬼,踏平沧海奋神威。

——丁仁长

自卫乃天赋人权,三万众慷慨登陴,有断头将军,无降将军,石烂海枯①犹此志;

相约以血溅国耻②,四十日见危授命,吾率君等出,不率其入,椒浆③桂酒有余哀。

——蒋光鼐

【注】① 石烂海枯:海水枯干,石头粉碎。形容历史长久,万物已变。多用于盟誓,反衬意志坚定,永远不变。
② 血溅国耻:谓以血来洗涤国家所受到的耻辱。
③ 椒浆:即"椒酒"。用椒浸制的酒。古代多用于祭神。此谓奠念为保卫祖国而牺牲的先烈。

家事篇

治家联
孝道联

治 家 联

种德①收福；
干②国栋家。

【注】① 种德：犹布德，施恩德于人。
② 干：捍卫。

庭前有训①；
座右留铭②。

【注】① 庭前有训：即"庭训"，孔子教子佚事。
② 座右铭：置于座右用以自警之铭文。亦作为格言以自励的文辞。

鸡鸣戒旦①；
鲤对趋庭②。

【注】① 戒旦：告戒天将明。
② 趋庭：谓子承父教。《论语·季氏》："（孔子）尝独立，鲤趋而过庭。曰：'学《诗》乎'？对曰：'未也。''不学《诗》，无以言也。'鲤退而学诗。他日，又独立，鲤趋而过庭。曰：'学礼乎？'对曰：'未也'。'不学礼，无以立也。'鲤退而学礼。"鲤，孔子之子伯鱼。

肯堂肯构；
绍箕绍裘①。

【注】① 绍箕绍裘：谓继承祖上的事业。《礼记·学记》："良冶之子，必学为裘，良弓之子，必学为箕。"

勤俭持家；
忠厚待人。

文章华国①；
诗礼②传家。

——宋·岳飞

【注】① 华国：光耀国家。晋·陆云《张二侯颂》："文敏足以华国，威略足以振众。"
② 诗礼：指《诗经》和《三礼》。泛指儒家经典。

礼为教本①；
道以德宏。

【注】① 教本：教化的根本。北齐·颜之推《颜氏家训·勉学》："礼为教本，敬者身基。"

起家①在勤俭；
处事要精详②。

【注】① 起家：兴家立业。
② 精详：精细周详。《后汉书·窦融传》："融小心精详，遂决策东向。"

慊心①皆乐事；
容膝②即安居。

【注】① 慊心：快意；满意。
② 容膝：仅能容纳双膝。多形容容身之地狭小。晋·陶潜《归去来兮辞》："倚南窗以寄傲，审容膝之易安。"

闭户无尘事①；
传家有旧书。

【注】① 尘事：尘俗之事。

居家务质朴；
教子有义方①。

【注】① 教子有义方：谓教子的正道。《左传·隐公》："石碏谏曰：'臣闻爱子，教之以义方，弗纳于邪。'"

家世留清白；
子弟戒奢华。

富贵子孝少；
贫穷母爱多。

三思①终有益；
百忍②永无忧。

【注】① 三思：反复思考，然后行动。语出《论语·公冶长》。
② 百忍：多忍耐，百般忍耐。

一生勤为本；
万代诚作基。

子孝千祥①集；
家和万世兴。

【注】① 千祥：众多祥瑞的事都集中在孝悌之家。

弓裘延世泽①；
诗礼袭家风。

【注】① 弓裘：谓父子世代相传的事业。世泽，祖先的遗泽。

中国教化楹联精选·家事篇

而成教于国；
必先齐其家①。

【注】① 齐其家：即"齐家"，谓治家。《礼记·大学》："欲齐其家者，先修其身。"

承家多旧德①；
继代有清风。

【注】① 承家：即传家。旧德，谓先人的德泽；往日的恩德。

一经传旧德；
百世绍休闻。

棠棣①开双萼；
琴书萃一堂。

【注】① 棠棣：出自《诗·小雅·棠棣》，比喻兄弟之间应该互相友爱。

相契①在形影；
放怀②无古今。

【注】① 相契：即"契合"，投合，意气相投。
② 放怀：即"开怀"，放宽心怀。

发家勤为本；
致富俭当头。

忠厚传世远；
勤俭治家昌。

惕乾在朝夕^①；

怀抱观古今。

【注】① 惕乾在朝夕：即"朝乾夕惕"。谓终日勤奋谨慎，不敢懈怠。语出《易·乾》："君子终日乾乾，夕惕若厉，无咎。"

平生怀直道^①；

大化扬仁风^②。

【注】① 直道：犹正道。指正确的道理、准则。《礼记·杂记》："其馀则直道而行之是也。"
② 大化：广远深入的教化。仁风，形容恩泽如风之流布。

无遗行^①于乡里；

有令德^②在子孙。

【注】① 遗行：失检之行为；品德有缺点。
② 令德：美德，亦指有高尚道德的人。

万事惟求和气；

一家共沐春风。

观寝兴^①于早晚；

识家世之隆衰^②。

【注】① 寝兴：睡下和起床。泛指起居。
② 隆衰：即"兴衰"。兴旺和衰败。

得慈祥而示化；

孰惠爱^①以为心。

【注】① 惠爱：犹仁爱。《后汉书·冯衍传上》："惠爱之诚，加乎百姓；高世之声，闻乎群士。"

中国教化楹联精选·家事篇

勤俭持家要法；
谦和处世良谋。

礼之用，和为贵①；
德不孤，必有邻②。

【注】① 礼之用，和为贵：语出《论语·学而》："有子曰：'礼之用，和为贵。'"和，今言适合，恰当，恰到好处。
② 德不孤，必有邻：简作"德邻"，指有德之人相聚为伴。《论语·里仁》："子曰：'德不孤，必有邻。'"何晏集解："方以类聚，同志相求，故必有邻也，是以不孤也。"

益智①乃能知礼；
寡欲②乃可养生。

【注】① 益智：增益智慧。
② 寡欲：节制欲望；欲望少。《老子》："见素抱朴，少私寡欲。"

天地间勤俭最贵；
家庭中教爱①为先。

【注】① 教爱：教育与关爱。谓对待子女除了加强教育外，还必须关爱他们，让他们健康成长。

动念①即应思改过；
得闲②何不再读书。

【注】① 动念：犹思忖。
② 得闲：有闲暇，得空。

分应独善①心兼善；
家守清贫书不贫。

【注】① 独善:即"独善其身。"本指注重自身修养,保持节操,后亦指怕招惹是非,只顾自己好,不关心身外事。《孟子·尽心上》:"穷则独善其身,达则兼善天下。"

课子①课孙先课己;
成仙成佛且成人。

【注】① 课子:督教儿子读书。

修德不矜官位重;
克家①惟在子孙贤。

【注】① 克家:能继承家业。《易·蒙》:"纳妇吉,子克家。"

衾影①无惭方是学;
家庭为政不须官。

【注】① 衾影:即"衾影独对",谓独自一人。语出北齐·刘昼《刘子·慎独》:"独立不惭影,独寝不愧衾。"

布衣①得暖皆为福;
草室②能安即是春。

【注】① 布衣:借指平民。古代平民不能衣锦绣,故称。《荀子·大略》:"古之贤人,贱为布衣,贫为匹夫。"
② 草室:草庐;草房。

子孙好守儒门①学;
乡里犹称善士②家。

【注】① 儒门:犹儒家。汉·王充《论衡·自纪》:"况未尝履墨涂,出儒门,吐论数千万言,宜为妖变。"
② 善士:有德之士。《孟子·万章下》:"一乡之善士,斯友一乡之善士。"

人能辅世①无如德；
学可传家止有经。

【注】① 辅世:辅佐世人。《孟子·公孙丑下》:"朝廷莫如爵,乡党莫如齿,辅世长民莫如德。"

灯火夜深书有味；
墨花①晨湛字生光。

【注】① 墨花:指砚石上的墨渍花纹。唐·李贺《杨生青花紫石砚歌》:"纱帷昼暖墨花春,轻沤漂沫松麝薰。"

能使一家长静穆；
不惟四月是清和①。

【注】① 清和:清静平和。

荆树①有花兄弟乐；
书田无税子孙耕。

【注】① 荆树:即"荆枝"。南朝·梁·吴均《续齐谐记·紫荆树》:"京兆田真,兄弟三人,共议分财,生赀皆平均,惟堂前一株紫荆树,共议欲破三片。明日就截之,其树即枯死,状如火然。真往见之,大惊,谓诸弟曰:'树本同株,闻将分斫,所以憔悴,是人不如木也'。因悲不自胜,不复解树。树应声荣茂,兄弟相感,合财宝,遂为孝门。"

举家①肃穆天伦乐；
同室龃龉②外侮乘。

【注】① 举家:全家。
② 龃龉:不相投合,抵触。

教子课孙①为我分；
读书为善做人家。

【注】① 教子课孙:谓督教儿孙读书。

雍容①合度百为礼;
姑息②存心不是恩。

【注】① 雍容:形容仪容仪态温文大方。《汉书·薛宣传》:"宣为人好威仪,进止雍容,甚可观也。"
② 姑息:无原则的宽容。

聪听祖考之彝训①;
先知稼穑②之艰难。

【注】① 彝训:日常的训诫。语出《书·酒诰》。孔传:"言子孙皆聪听父祖之常教。"后泛指尊长对后辈的教诲、训诫。
② 稼穑:耕种和收获。泛指农业劳动。

成家①莫谓当家易;
养子应知教子难。

【注】① 成家:成立家室,娶妻。

创业维艰崇节俭;
守成①不易戒奢华。

【注】① 守成:保持前人的成就和业绩。

身居化日光天①下;
家在廉泉让水②间。

【注】① 化日光天:谓太平盛世。亦作"光天化日。"
② 廉泉让水:二水名。此谓风俗醇美的地方。

常居孟母三迁①里;
不慕高官万石家②。

【注】① 孟母三迁:孟轲幼年时,邻居环境不好,孟母三次迁居,使轲得到比较好的学习环境。后以"三迁",颂扬母教之典实。
② 万石家:泛指官职高的人。

粗茶淡饭有真味;
明窗净几是安居。

世事每从宽处乐;
人伦常在忍中全①。

【注】① 人伦:封建礼教所规定的人与人之间的关系,亦指尊卑长幼的等级关系。忍,忍耐,容忍。《论语·八佾》:"是可忍也,孰不可忍也。"

忍而和齐家善策;
勤与俭创业良图。

有关世道①书应读;
难与人言事莫为。

【注】① 世道:世间;社会。南朝·梁·沈约《七贤论》:"神才高杰,故为世道所莫容。"

常将有日思无日①;
莫到无时想有时。

【注】① 常将有日思无日:居家过日子一定要勤俭节约,量入为出,不能寅支卯粮。

光前①振起家声远;
裕后②留贻世泽长。

【注】①② 光前裕后:光耀祖先,造福后代。明·李贽《答耿司寇书》:"又于世人之所以光前裕后者,无时刻而不系念。"

传家有道惟存厚；
处事无奇但率真。

白菜青盐粞子饭①；
瓦壶天水菊花茶。

【注】① 粞子饭:用米屑(碎米)所煮的饭。粞,米屑。

困苦乃成佳子弟；
贫穷多得好儿孙。

——清·钟云舫

重振门庭①新气象；
长觉清白②旧家风。

【注】① 门庭:家门;门户。
② 清白:特指廉洁;不贪污。

千古丝纶①分国事；
百年忠孝是家风。

【注】① 丝纶:称帝王的诏办。

兴业好似针挑土①；
败家②犹如浪淘沙。

【注】① 兴业:复业旧业,或创办新的事业。兴业好似针挑土,比喻创业的艰辛。
② 败家:谓使家族、家庭破落。《孟子·离娄上》:"不仁而可与言,则何亡国败家之有!"

入世①须才更须节；
传家积德还积书。

【注】① 入世:投身于社会。

克勤克俭①,肯堂肯构②;
毋荒毋怠③,宜室④宜家。

【注】① 克勤克俭:谓能勤劳节俭。
② 肯堂肯构:比喻子能继承父业。
③ 毋荒毋怠:简作"荒怠",谓纵逸怠惰。
④ 宜室,谓夫妻和睦。

忠厚培心①,和平②养性;
诗书启后,勤俭持家。

【注】① 培心:通过培养与教育,使心情得到陶冶。
② 和平:和谐;和睦。

家有常业①,虽饥不饿;
心无偏见②,既和且平。

【注】① 常业:固定的工作。
② 偏见:片面的见解;成见。

德树心田①,家常种福②;
香浮学圃,人尽锄经③。

【注】① 德树心田:简作"德心"。仁善之心。
② 种福:犹积福。
③ 锄经:即"带经而锄",形容生活贫苦依然坚持学习。《汉书·儿宽传》:"带经而锄,休息辄读诵。"

雨泽过润①,耕稼②之害;
情爱过义,子孙之灾。

【注】① 雨泽过润:谓雨水过多。

② 耕稼:泛指种庄稼。

祖考贻谋①,惟勤与俭;
天伦乐事②,既翕且耽。

【注】① 祖考:祖先。《书·君牙》:"缵乃旧服,无忝祖考。"贻谋,指父祖对子孙的训诲。
② 天伦乐事:即"天伦之乐。"家庭中亲人团聚的欢乐。

交友择人,处世循礼①;
居家思俭,守职宜勤。

要大门闾①,积德累善;
是好子弟,耕田读书。

【注】① 大门闾:指大家庭;大户人家。

百事清平①,无非令德②;
一家和乐,即是大年。

【注】① 清平:太平。
② 令德:美德。

父慈子孝,兄况弟悌;
上和下睦①,夫倡妇随②。

【注】① 上和下睦:即谓家中上下和气,不争吵。
② 夫倡妇随:谓妻子唯夫命是从,处处顺从丈夫。语出《关尹子·三极》:"天下之理,夫者倡,妇者随。"

敬胜怠吉①,怠胜敬灭;
俭入奢易,奢入俭难。

【注】① 敬胜怠吉：谓时时警诫自己，则怠惰不复存在。敬，警戒；警惕。

处事戒多言，言多必失；
居家戒争讼，讼则终凶。

富裕骄奢，乐极须防忧至①；
贫穷固守，苦尽必有甘来②。

【注】① 乐极须防忧至：即"乐极则忧。"好乐过度而不止，必生忧伤。
② 苦尽甘来：比喻生活中经历由苦到乐的转变。

吃咸菜，喝开水，津津有味；
咬诗文，嚼数字，默默耕耘。

善为至宝①，一生用之不尽；
心作良田，百世耕种有余。

【注】① 善：谓善行；善事；善人。《论语·为政》："举善而教不能，则民劝。"善为至宝，谓善是人生最好的美德。

丹桂有根，独长诗书门第①；
黄金无种，偏生勤俭人家。

【注】① 诗书门第：诗书：《诗经》和《尚书》。《左传·僖公二十七年》："《诗》、《书》，义之府也；《礼》、《乐》，德之则也。"

一粥一饭，当细思其来处；
半耕半读，又何虑乎败家①。

【注】① 败家：谓使家族、家庭破落。《孟子·离娄上》："不仁而可与言，则何亡国败家之有！"

中国教化楹联精选·家事篇

富贵无常,尔小子勿忘贫贱;
圣贤可学,我清门①但读诗书。

——清·蒋士铨

【注】① 清门:书香门第。

浪费犹如水推沙,荡金为土①;
节约好比燕衔泥,积宝成山。

【注】① 荡金为土:即"挥金如土"。挥霍钱财像泥土一样。形容人花钱慷慨或挥霍无度。荡,恣纵。

山地种菜,水乡捕鱼,无穷生计①;
本色清言②,寻常茶饭,此地人家。

【注】① 生计:指生活。唐·白居易《老来生计》诗:"老来生计君看取,白日游行夜醉吟。"
② 本色:谓质朴自然,不加矫饰。语出清·李斗《扬州画舫录·草河录上》。清言,高雅的言论。晋·陶潜《咏二疏》:"问金终寄心,清言晓未悟。"

要好儿孙,须方寸中放宽一步;
欲成家业,宜凡事上吃亏三分。

东墙倒,西墙倒,窥见室家①之好;
前巷深,后巷深,不闻车马之声。

【注】① 室家:泛指家庭或家庭中的人,如父母、兄弟、妻子等。

至乐①莫过读书,至要莫如教子;
寡智乃能习静②,寡营③乃可养生。

——清·蒋士铨

【注】① 至乐:最大的快乐。《庄子·至乐》:"至乐无乐,至誉无誉。"

② 寡智:亦作"寡知。"缺少智慧。《国语·晋语二》:"杜原款将死,使小臣圉告于申生,曰:'款也不才,寡智不敏,不能教导,以至于死。'"习静,谓习养静寂的心性,亦指过幽静的生活。
③ 寡营:欲望少,不为个人营谋打算。

要子弟辈学做好人,由我先立榜样;
于乡里中得友善士,遇事方可便宜①。

【注】① 便宜:指有利于国家,合乎时宜之事。

垂训①一无欺,能安分②者,即是敬宗尊祖;
守身③三自反,会吃亏者,便为孝子贤孙。

——清·蒋士铨

【注】① 垂训:垂示教训。
② 安分:即"安分守己。"安守本分,规矩老实。
③ 守身:保持品德和节操。《孟子·离娄上》:"事,孰为大？事亲为大;守,孰为大？守身为大。不失其身而能事其亲者,吾闻久矣;失其身而能事其亲者,吾未之闻也。"赵岐注:"事亲,养亲也;守身,使不陷于不义也。"

少饮却愁,少思却梦,种花却俗,焚香却秽,容人①却侮,谨身②却病;

静坐补劳,静宿补虚,节用补贫,为善补过,寡言补烦,息忿补神。

【注】① 容人:谓待人宽厚。
② 谨身:整饬自身。

士勤于读,农勤于耕,工勤于艺,商贾①勤于执业,一事可资生②,族少游闲,便是兴隆气象;
祖教其孙,父教其儿,兄教其弟,伯叔教其犹子③,百年思式

谷④,堂瞻名义,勉为孝友人家。

——清·张应昌

【注】① 商贾:商人。《周礼·天官·冢宰》:"六曰商贾,阜通货贿。"郑玄注:"行曰商,处曰贾。"

② 资生:赖以生存。《易·坤》:"至哉坤元,万物资生。"孔颖达疏:"万物资生者,言万物资地而生。"

③ 犹子:指侄子。

④ 式谷:谓以善道教子,使之为善。

孝 道 联

泷冈①有表；

孝思②不匮。

【注】① 泷冈:山冈名。在江西省永丰县。宋·欧阳修葬其父母于此,并把祭文镌于阡表,即世所传诵的《泷冈阡表》。

② 孝思:孝亲之思。《诗·大雅·下武》:"永言孝思,孝思维则。"

谁言寸草心；

报得三春晖①。

【注】① 寸草春晖:喻子女报答不尽父母的养育之恩。语出唐·孟郊《游子吟》诗:"慈母手中线,游子身上衣。临行密密缝,意恐迟迟归。谁言寸草心,报得三春晖。"寸草,喻子女对父母的微小心意。

千秋名不朽；

百行①孝为先。

【注】① 百行:各种品行。《旧唐书·孝友传·刘君良》:"士有百行,孝敬为先。"

考叔遗羹①而著孝；

孟宗哭笋②以彰诚。

【注】① 遗羹:赞颂孝道之典实。郑庄公因共叔段之事,与其母不和。一次,庄公赐食颍考叔,考叔故意舍不得吃肉。庄公问其原因,对曰:"小人有母,皆尝小人之食矣,未尝君之羹,请以遗之。"庄公为之感动,遂与母和好。事见《左传·隐公元年》。

② 孟宗笋:亦作"孟宗竹"。裴松之注引《楚国先贤传》:"宗母嗜笋。冬节将至,时笋尚未生,宗入竹林哀叹,而笋为之出,得以供母。"孟宗,江夏人,为避吴主

讳,改名仁。

家国同源,家齐而后国治;
忠孝①一理,忠臣即是孝亲。

【注】① 忠孝:忠于君国,孝于父母。

菽水①承欢;一孝能存千古味;
饧箫②满市,几声吹暖二人心。

——清·黄道让

【注】① 菽水:豆与水。指所食唯豆和水,形容生活清苦。语出《礼记·檀弓下》:"子路曰:'伤哉贫也!生无以为养,死无以为礼也。'孔子曰:'啜菽饮水尽其欢,斯之谓孝。'"此谓晚辈对长辈的供养。
② 饧箫:卖饴糖人所吹的箫。

一饭尚铭恩①,况曾保抱②提携,只少怀胎十月;
千金难报德,即论人情物理,也当泣血③三年。

——清·曾国藩

【注】① 铭恩:谓牢记恩情。
② 保抱:抱在怀中。《书·召诰》:"夫知保抱携持厥妇子,以哀吁天。"孔传:"言困于虐政,夫知保抱其子,携持其妻,以哀号呼天,告冤无辜。"
③ 泣血:无声痛哭,泪如血涌;一说,泪尽出血。形容极度悲伤。

人事篇

治学联
修养联
处世联

治 学 联

风华正茂①；
意气方遒②。

【注】① 风华正茂:形容朝气蓬勃,才华横溢。毛泽东《沁园春·长沙》词:"恰同学少年,风华正茂。"
② 意气:志向与气概。《管子·心术下》:"是故意气定,然后反正。"遒,劲健。

山河壮丽①；
桃李芳菲②。

【注】① 壮丽:宏伟瑰丽。多指山川。
② 芳菲:花草的芳香。

学而不厌；
诲人不倦①。

【注】① 诲人不倦:教诲别人有耐心,不厌烦。语出《论语·述而》:"子曰:默而识之,学而不厌,诲人不倦,何有于我哉!"邢昺疏:"教诲于人,不有倦息。"

热诚爱国；
苦心①育人。

【注】① 苦心:费尽心思。《庄子·渔夫》:"苦心劳形,以危其真。"

读书索理①；
造烛求明。

【注】① 索理:寻求探索真理。《楚辞·九辩》:"国有骥而不知乘兮,焉皇皇而更索。"

绳锯木断①；

水滴石穿。

【注】① 绳锯木断：《太平御览·谏诤》："泰山之溜穿石，单极之绠断干。水非石之钻，索非木之锯也，渐靡使之然。"后遂用"绳锯木断"比喻力量虽小，日久为之，也能做成看来很难以想象的事情。

杏坛①设教；

黍谷②回春。

【注】① 杏坛：传说为孔子聚徒讲学处。

② 黍谷：山谷名。在北京密云县西南。又称寒谷，燕谷山。

心诚功就①；

水滴石穿。

【注】① 功就：事业成功。

开卷有益①；

闭户自精②。

【注】① 开卷有益：谓打开书本阅读，就会有所收获。晋·陶潜《与子俨等疏》："开卷有得，便欣然忘食。"

② 闭户自精：语出任昉《天监三年策秀才文》："闭户自精，开卷独得。"指人不预外事，刻苦读书。

学无止境；

教有所长①。

【注】① 教有所长：即"教学相长"。指教和学的相互促进。《礼记·学记》："是故学然后知不足，教然后知困。知不足，然后能自反也；知困，然后能自强也。故曰：教学相长也。"

学知不足；

业精于勤①。

【注】① 业精于勤：谓学业的精进在于勤奋。唐·韩愈《进学解》："业精于勤，荒于嬉，行成于思，毁于随。"

友天下士①；

读古人书。

——清·包世臣

【注】① 天下士：才德非凡之士。《史记·鲁仲连邹阳列传》："始以先生为庸人，吾乃今日知先生为天下之士也。"

勤能补拙；

学可医愚①。

【注】① 学可医愚：读书可以消除愚昧。

博闻强记①；

好学深思。

【注】① 博闻强记：即"博闻强识"，谓见闻广博，记忆力强。

器惟求旧①；

学尚知新②。

【注】① 器惟求旧：语出《书·盘庚上》："人惟求旧，器非求旧。"谓用人务求故老旧臣。

② 学尚知新：学问、知识都务求得到新的知识和未见之书。

敏而好学①；

乐以忘忧②。

【注】① 敏而好学：语出《论语·公冶长》："敏而好学，不耻下问。"

② 乐以忘忧:谓因为快乐而忘却忧愁。

无囊中物①；
有枕上书。

【注】① 无囊中物:谓读书人家无长物。

曾三颜四①；
禹寸陶分②。

【注】① 曾三颜四:孔子弟子曾参说过"吾日三省吾身,为人谋而不忠乎? 与朋友交而不信乎? 传不习乎?"此为"曾三"。颜渊愿按孔子说的"非礼勿视,非礼勿听,非礼勿言,非礼勿动"而行事,故称"颜四"。
② 禹寸陶分:即"禹惜寸阴"。指禹勤于治水,爱惜光阴之事。

闳中肆外①；
博古通今②。

【注】① 闳中肆外:语出唐·韩愈《进学解》:"先生之于文,可谓闳其中而肆其外矣。"
② 博古通今:谓通晓古今的事情,形容学识渊博。

修身进德①；
温故知新。

【注】① 修身进德:谓修养身心,增进道德。

保存国粹①；
作育②人才。

【注】① 国粹:旧时指我国文化艺术中的精华。
② 作育:培养,造就。明·李东阳《重建成都府学记》:"虽道德勋业与时高下,而作育之效,磋切之益,皆不可诬。"

亲师取友①；

敬业乐群。

【注】① 取友：选取朋友；交友。《礼记·学记》："古之教者……一年视离经辨志，三年视敬业乐群，五年视博习亲师，七年视论学取友。"

傍百年树①；

读万卷书②。

——李秀峰

【注】① 傍百年树：百年树，即十年树木，百年树人，谓栽培树木需要十年，培养人才需要百年。喻培养人才之难。

荆衡秀气①；

邹鲁遗风②。

——清·张之洞

【注】① 荆衡：《书·禹贡》："荆及衡阳惟荆州。"后以荆衡指湖南、湖北两省。秀气，灵秀之气。

② 邹鲁：邹，孟子故乡；鲁，孔子故乡。后因以"邹鲁"为邹国和鲁国的并称，指文化昌盛之地，礼仪之邦。遗风，谓前人遗留下来的风教。

道崇东鲁①；

秀毓西山。

——清·俞樾

【注】① 东鲁：指春秋时鲁国。此指世人尊崇的孔子。

昌期际会①；

文运亨通②。

——清·陈维英

【注】① 昌期：兴隆昌盛时期。际会：聚首、聚会。

② 文运:指科举应试的运气。亨通,畅通。

兴诗立礼^①;
圣域贤关^②。

——清·陈维英

【注】① 兴诗立礼:《论语·泰伯》:"子曰:'兴于诗,立于礼,成于乐。'"此指学习儒家经典。
② 贤关:进入仕途的门径。《汉书·董仲舒传》:"太学者,贤士之所关也,教化之本原也。"颜师古注:"关,由也。"

宪章文武^①;
道贯古今^②。

【注】① 宪章文武:语出《礼记·中庸》:"仲尼祖述尧舜,宪章文武。"意谓效法周文王、武王之制。

化若偃草^①;
博我以文。

【注】① 化若偃草:谓教化推行如风吹草伏。形容教化之易推行。

新知时演达^①;
成绩自优良。

【注】① 演达:推广,传布;延及。

学业醇儒^①富;
文章大雅^②存。

【注】① 醇儒:学识精粹纯正的儒者。《汉书·贾山传》:"所言涉猎书记,不能为醇儒。"
② 大雅:指德高而有大才的人。

一代栋梁①木；
满园桃李花。

【注】① 栋梁:房屋的大梁。《庄子·人间世》:"仰而视其细枝,则拳曲而不可以为栋梁。"也比喻能为国担当重任的人。

一代园丁①乐；
四时桃李荣。

【注】① 园丁:喻指教育工作者。

伯乐①荐骏马；
园丁育良才。

【注】① 伯乐:喻指有眼力,善于发现、选拔、使用出色的人才者。唐·韩愈《杂说》:"世有伯乐,然后有千里马,千里马常有,而伯乐不常有。"

舌种桃李艳；
笔耕栋梁多。

心血①育桃李；
学问兴家邦。

【注】① 心血:指心思;精力。

改过如芟草①；
育才似栽花。

【注】① 芟草:除草。《诗·周颂·载芟》:"载芟载柞,其耕泽泽。"《毛传》:"除草曰芟,除木曰柞。"

读书破万卷①；
落笔②超群英。

【注】① "万卷"句:语出唐·杜甫《奉赠韦左丞丈二十二韵》诗:"读书破万卷,下笔如有神。"
② 落笔:下笔。

寒窗①吞日月;
陋室②纳春光。

【注】① 寒窗:比喻艰苦的读书生活。
② 陋室:简陋狭小的屋子。

栋梁承大厦①;
桃李报春晖②。

【注】① 大厦:高大的房屋。汉·王褒《四子讲德论》:"大厦之材,非一丘之木;太平之功,非一人之略也"。
② 春晖:喻慈母之恩。

桃李满天下;
雨露①遍神州。

【注】① 雨露:比喻恩惠。唐·高适《送李少府贬峡中王少府贬长沙》诗:"圣代即今多雨露,暂时分手莫踌躇。"

春官①桃李盛;
昭代②岁时新。

【注】① 春官:旧俗在迎春仪式上扮演导牛者的角色。
② 昭代:喻政治清明的时代。

文教①开昌运;
春风酿太和②。

【注】① 文教:文化教育。
② 太和:即"太平"。

中国教化楹联精选·人事篇

文章千古事①；

花月②一帘春。

【注】① 文章千古事：文章可以传世，故称为千古之事。语出唐·杜甫《偶题》诗："文章千古事,得失寸心知"。

② 花月：花和月。泛指美丽的景色。

修业①勤为贵；

行文②意必高。

【注】① 修业：学习知识，钻研学问。

② 行文：组织文字，表达意思。

闻鸡晨起舞①；

借萤②夜读书。

【注】① 闻鸡起舞：谓志士仁人即时奋发。《晋书·祖逖传》："（祖逖）与司空刘琨俱为司州主簿，情好绸缪，共被同寝。中夜闻荒鸡鸣，蹴琨觉，曰：'此非恶声也。'因起舞。"

② 借萤：指晋·车胤勤学故事。车胤囊萤，依其光照夜读。

研摩贵纯一①；

学问尚精专。

——清·曾世霖

【注】① 研摩：研究揣摩。纯一，纯朴，单纯。

尽力量为善；

振精神读书。

——清·陶澍

欲知千古事；

须读五车书①。

【注】① 五车书:《庄子·天下》:"惠施多方,其书五车。"后用以形容读书多,学问渊博。

把酒①时看剑;
焚香夜读书。

【注】① 把酒:手执酒杯。谓饮酒。唐·孟浩然《过故人庄》诗:"开轩面场圃,把酒话桑麻。"

欲养鹓鹏①志;
先收鸿鹄心②。

【注】① 鹓鹏:比喻才能卓越,志向高远的人。
② 鸿鹄心:比喻懈怠、放纵的心思。

学问求自得;
屠龙①非世资。

【注】① 屠龙:指高超无用的技艺。

循序而渐进①;
熟读更精思②。

【注】① 循序渐进:顺着次序逐步深入或提高。明·袁宗道《读〈论语〉》:"循序渐进似非圣人一贯之学矣。"
② 精思:精心思考。

学成乃致用①;
道②大亦能容。

【注】① 学成乃致用:即"学以致用"。谓将所学的知识用于工作实践中去。
② 道:技艺;技术。《周礼·春官·大司乐》:"凡有道者、有德者使教焉。"郑玄注:"道,多才艺。"

行是知之始；
学非问不明。

——陶行知

剑锋出磨砺①；
梅馥②发苦寒。

【注】① 磨砺：在磨刀石上擦。
② 梅馥：即"梅香"。旧有"梅花香自苦寒来"之句。

立品①同白玉；
读书到青云②。

【注】① 立品：培养品德。
② 青云：指青云之士。亦谓远大的抱负和志向。明·徐渭《上督府公生日》诗："未逢黄石书谁授，不坠青云志自强。"

道德为原本①；
知识极诚明②。

【注】① 原本：事物之所由起；根源。
② 诚明：至诚之心和完美的德性。语出《礼记·中庸》："自诚明，谓之性；自明诚，谓之教。诚则明矣，明则诚矣。"郑玄注："由至诚而有明德，是圣人之性者也。"

书中乾坤①大；
笔下天地宽。

【注】① 乾坤：国家；江山；天下。

读书必提要①；
处事在通情②。

【注】① 提要:摘出要领。唐·韩愈《进学解》:"记事者必提其要,纂言者必钩其玄。"
② 通情:即"通情达理"之略。懂得道理,说话做事合情合理。

至教①遗千载;

微言播六经②。

【注】① 至教:最好的教导。《礼记·礼器》:"天道至教。"亦谓极其高明的道理和见解。
② 微言:精深微妙的言辞。六经,六部儒家经典。

读书资博约①;

礼教致中和②。

【注】① 博约:指文章内容广博,言简意明。《文选·陆机〈文赋〉》:"铭博约而温润,箴顿挫而清壮。"
② 礼教:礼仪教化。《孔子家语·贤君》:"敦礼教,远罪疾,则民寿矣。"中和,中庸之道的主要内涵。儒家认为能"致中和",则天地万物均能各得其所,达到和谐境界。《礼记·中庸》:"喜怒哀乐之未发,谓之中;发而皆中节,谓之和。中也者,天下之大本也;和也者,天下之达道也。致中和,天地位焉,万物育焉。"

文章阐道德;

石室蕴光辉。

十载鸡窗①努力;

一朝雁塔题名②。

【注】① 鸡窗:指书斋,书房。
② 雁塔题名:始于唐代的慈恩寺题名。科举时代,刻同榜者姓名、年龄、籍贯,汇集成册,称题名录。后来登科者乃书于板。

志在书山探宝;

心向学海采珠。

是处风光济美①；
他年人物风流。

【注】① 济美：谓在以前的基础上使美好的东西发扬光大。语出《左传·文公十八年》"世济其美，不陨其名"。杜预注："济，成也。"孔颖达疏："世济其美，后世承前世之美。"

热血浇灌桃李；
忠心哺育鲜花。

传授知识精粹；
培养育人良师。

未能一日寡过①；
恨不十年读书。

【注】① 寡过：少犯错误。宋·苏轼《拟进士对御试策》："苟无知人之明，则循规矩，蹈绳墨，以求寡过。"

以教人者教己；
在劳力上劳心①。

——陶行知

【注】① 劳力：普通的劳动者，社会下层人士。《孟子·滕文公上》："劳心者治人，劳力者治于人。"在劳力上劳心，谓用心以制力，用心思去指挥力量，改造世界。

文以知希为贵①；
学能时习②乃专。

【注】① 文以知希为贵：写文章贵在说出别人没说的稀罕话。
② 时习：经常温习。《论语·学而》："学而时习之，不亦说乎。"

读书心存远志；
实践悟出真知。

劝学①莫先于我；
当仁不让②于师。

【注】① 劝学：鼓励人努力学习。语出《左传·闵公二年》："敬教劝学，授方任能。"
② 当仁不让：泛指遇到应该做的事要主动去做。

名教①自有乐地；
读书是我良田。

【注】① 名教：名声与教化。《管子·山至数》："昔者周人有天下，诸侯宾服，名教通于天下。"

积钱不如积德；
买田不如买书。

慎交游①，勤耕读；
笃根本，去浮华。

——清·左宗棠

【注】① 交游：结交朋友。《管子·权修》："观其交游，则其贤不肖可察也。"

求学将以致用；
读书贵在虚心。

骄傲来自浅薄；
狂妄出于无知。

中国教化楹联精选·人事篇

闲居①足以养老；
至乐②莫如读书。

【注】① 闲居：安闲居家，在家里住着无事可做。《史记·司马相如列传》："其进仕宦，未尝有与公卿国家之事，称病闲居，不慕官爵。"
② 至乐：最大的快乐。《庄子·至乐》："至乐无乐，至誉无誉。"

以宇宙为教室；
奉自然作宗师①。

——陶行知

【注】① 宗师：为众所推崇，堪称师表之人。

冠四民①之为士；
通三才②之谓儒。

【注】① 四民：旧称士、农、工、商为四民。
② 三才：天、地、人。《易·说卦》："是以立天之道曰阴与阳，立地之道曰柔与刚，立人之道曰仁与义。兼三才而两之，故《易》六画而成卦。"

得英才而教育①；
以山水为性情。

——清·郑志澂

【注】① 教育：教诲培育；教导。《孟子·尽心上》："得天下英才而教育之，三乐也。"

知不足者好学；
耻下问者自满。

学非一蹴所能及①；
业必三年而后成。

【注】① 一蹴所能及：即"一蹴而就"。谓迈一步就成功。形容事情轻而易举，一下

就能完成。

三更犹忆栽花事；
午夜常明备课灯。

三德①合身人品好；
百花齐放校园春。

【注】① 三德：三种品德。随文而异。《周礼·地官·师氏》："以三德教国子：一曰至德，以道为本；二曰敏德，以行为本；三曰孝德，以知逆恶。"

三尺讲台①连广宇；
一片丹心育春苗。

【注】① 讲台：即"讲坛"，泛指讲演讨论的场所。

为人师表①育桃李；
替国树才勤耕耘。

【注】① 师表：表率，在道德或学问上的学习榜样。《史记·太史公自序》："国有贤相良将，民之师表也。"

因材施教①成硕果；
定向培养出人才。

【注】① 因材施教：根据受教育者的不同情况，采取相应的内容和方法施行教育。

求贤①急似渴思饮；
治学②犹如蝶恋花。

【注】① 求贤：慕求贤人。《后汉书·周举传》："昔在前世，求贤如渴，封墓轼闾，以光贤哲。"
② 治学：研究学问。

言传身教①良师意；
甘滋露哺慈母心。

【注】① 言传身教:谓一面用语言进行传授,一面在行动上以身作则,指言行起模范作用。

烛光①遍洒花满目；
心血普润材成林。

【注】① 烛光:此以"烛光"喻奉献精神。

春蚕吐丝人皆秀；
蜡烛育红万朵花①。

【注】① 唐·李商隐《无题》诗:"春蚕到死丝方尽,蜡炬成灰泪始干。"联文中以春蚕和蜡炬赞扬教书育人的奉献精神。

春雨勤耕望秋实；
时代熏陶栋梁材。

赏心自有生花笔①；
悦耳莫过读书声。

【注】① 生花笔:喻文思富丽俊逸。

爱生自能受生爱；
师人方得为人师①。

【注】① 人师:指德行学问等各方面可以为人表率的人。《荀子·儒效》:"四海之内若一家,通达之属莫不从服,夫是之谓人师。"

愿作春泥护桃李；
甘当人梯①架金桥。

【注】① 人梯：谓帮助他人进步或做成某项事业而做出自我牺牲的人。

书似青山常乱叠；
灯如红豆①总相思。

【注】① 红豆：即"红豆树"。因其颜色鲜红，文学作品中常用以象征爱情或相思之意。唐·王维《相思》诗："红豆生南国，春来发几枝。愿君多采撷，此物最相思"。

黑发不知勤学早；
白首方悔读书迟。

宿雨暗滋书带草①；
春风先报墨池花②。

【注】① 宿雨：夜雨；经夜的雨水。书带草，叶长而极其坚韧。相传汉郑玄门下取以束书，故称。
② 墨池花：指砚石上的墨渍花纹。

学浅方知能事少；
礼疏长觉慢①人多。

【注】① 慢：轻忽；怠慢。此谓因自己没有注意礼貌而得罪了人。

能勤德业①惟良友；
有益身心在读书。

【注】① 德业：德行与功业。清·魏源《默觚上·学篇一》："世有自命君子，而物望不孚，德业不进者，无不由于自是而自大。"

著书岂在求名利；
提笔总为益世人。

中国教化楹联精选·人事篇

书到用时方恨少；
事非经过不知难。

敢为天下大难事①；
愿读人间未见书②。

【注】① 大难事:即非常棘手的事。
② 未见书:谓难得一见的珍贵善本图书。

有志登天天有路；
无心为学学无门。

养成大拙①方为巧；
学到如愚才是贤。

【注】① 大拙:很笨拙；太迟钝。《老子》:"大直若屈,大巧若拙,大辩若讷。"

读不在三更五鼓①；
功只怕一曝十寒②。

【注】① 三更五鼓:谓夜晚苦读。
② 一曝十寒:亦作"一暴十寒"。谓晒一天冷十天。比喻做事没有恒心。《孟子·告子上》:"虽有天下易生之物也,一日暴之,十日寒之,未有能生者也。"

术业①且从勤学起；
韶华②不为少年留。

【注】① 术业:学术技艺；学业。唐·韩愈《师说》:"闻道有先后,术业有专攻,如是而已。"
② 韶华:美好的年华,可贵的光阴。

知识无涯须勤学；
青春有限贵惜阴①。

【注】① 惜阴：也作"惜寸阴""惜分阴"。极言珍惜时间。语出《淮南子·原道训》："故圣人不贵尺之璧而重寸之阴，时难得而易失也"。

道衍二程无异学①；
理宗一贯②有真传。

【注】① 二程：指宋理学家程颐、程颢。异学，旧指儒学以外的其他学派、学说。
② 一贯：即"一以贯之"。谓用一种道理贯穿万事万物。

万卷雄文传故训①；
千秋学子仰宗师②。

【注】① 雄文：内容精深，气势雄伟的诗文。故训，即"古训"，谓古代流传下来的典籍或可以作为准绳的言论。
② 宗师：为众所敬仰，堪为师表之人。

文章尔雅①从无俗；
诗赋风流自有神。

【注】① 尔雅：雅正，文雅。

合安利勉①而为学；
通天地人②之谓才。

——清·左辅

【注】① 安利勉：语出《礼记·中庸》："或安而行之，或利而行之，或勉强而行之，及其成功，一也。"
② 天地人：即"三才"。《易·说卦》："是以立天之道曰阴与阳，立地之道曰柔与刚，立人之道曰仁与义。兼三才而两之，故《易》六画而成卦"。

多读书心中有本①；
勤写作笔下生花。

【注】① 心中有本：即"心中有数"。谓处理好各项事务能做到胸中很有把握。

学海无涯勤可渡；
书山万仞①志可攀。

【注】① 万仞：谓极高。

客子①光阴书卷里；
杏花消息雨声中。

【注】① 客子：离家在外的人。

积德百年元气①足；
读书三代雅人②多。

【注】① 元气：指国家或社会团体得以生存发展的物质力量和精神力量。
② 雅人：风雅之士，多指文人。

纸上读来终觉浅；
心中悟①出始知深。

【注】① 悟：启发，使之觉悟。

万卷古今消永日①；
一窗昏晓送流年②。

【注】① 永日：长日，漫长的白天。
② 流年：如水般流逝的光阴、年华。

每逢善事①心先喜；
得见奇书手自抄。

【注】① 善事:吉事。《谷梁传》:"中国有善事则并焉;无善事则异之,存之也。"

黄卷①催吾朝起早;
青灯②伴我夜眠迟。

【注】① 黄卷:书籍。晋·葛洪《抱朴子·疾谬》:"杂碎故事,盖是穷巷诸生、章句之士,吟咏而向枯简,匍匐以守黄卷者所宜识。"
② 青灯:光线青荧的油灯。

青春有志须勤学;
白发无情要著书。

讲学①是非须实事;
读书愚智贵虚心。

【注】① 讲学:公开讲述自己的学术理论。

好书不厌看还读;
益友①何妨去复来。

【注】① 益友:《论语·季氏》:"孔子曰:'益者三友,损者三友。友直,友谅,友多闻,益矣。'"指对自己做人处世有助益的朋友。

炼成锋锷①真关学;
历尽艰难始算才。

【注】① 锋锷:剑锋和刀刃。借指刀剑等武器。汉·王符《潜夫论·德化》:"投之危亡之地,纳之锋锷之间。"

才如湖海①文始伟;
腹有诗书气自华。

【注】① 才如湖海:指才华出众。

任事者必以实学①；

谨言人每有奇文②。

【注】① 实学：切实有用的学问。
② 奇文：奇妙的文章或奇特的文字。

书法未必尽师古①；

文章重在能通今。

【注】① 师古：效法古代。《书·说命下》："事不师古，以克永世，匪说攸闻。"

博学深思增智慧；

更新除旧见精神。

读书常戒自欺①处；

谨者不可有闲时。

【注】① 自欺：自己欺骗自己。《礼记·大学》："所谓诚其意者，毋自欺也。"

有关国家书常读；

无益身心事莫为。

脚下行路千里远；

腹中贮书万卷多。

风月一天诗酒料；

文章千古性灵①花。

【注】① 性灵：智慧，聪明。

学海①无涯须纵艇；

驹光②过隙不留踪。

【注】① 学海:形容学问的广大无穷。
② 驹光:即"驹光过隙",谓光阴易逝。

学问多自虚心得;
风物①长宜放眼量。

【注】① 风物:风光景物。

立志不随流俗①转;
留心②学到古人难。

【注】① 流俗:社会上流传的风俗习惯。多含贬义。《礼记·射义》:"幼壮孝弟,耆耋好礼,不从流俗,修身以俟死者,不在此位也。"
② 留心:关注;关心。

此日梓楠①同受范;
他年桃李广培材。

【注】① 梓楠:两种珍贵的木材。比喻优秀的人才。

从此才华展骥足①;
于今身价重龙门。

【注】① 骥足:比喻高才。《三国志·蜀书·庞统传》:"庞士元非百里才也,使处治中、别驾之任,始当展其骥足耳。"

讲学不存门户见①;
读书须识圣贤心。

【注】① 门户见:即"门户之见",由派别情绪产生的偏见。

好书悟后三更月;
良友来时四座春。

好书不厌百回读；
佳客来时一座倾①。

【注】① 倾:即"倾心"。向往;仰慕。

事要研求①皆学问；
言堪持赠②即文章。

【注】① 研求:研究探索。南朝·梁·刘勰《文心雕龙·指瑕》:"若夫注解为书,所以明正事理,然谬于研求,或率意而断。"
② 持赠:持物赠人。

帘外五更风雨冷；
案头三尺笔墨浓。

穷经①安有息肩日；
学道②方为绝顶人。

【注】① 穷经:谓极力钻研经籍。
② 学道:学习道艺,即学习儒家学说,如仁义礼乐之类。《论语·阳货》:"君子学道则爱人。"

书味①本长宜细索；
砚田可种勿抛荒②。

【注】① 书味:书中的韵味。
② 砚田:以砚喻田。谓靠笔墨维持生计。抛荒:荒废;荒疏。谓辍学。

鸟欲高飞先振翅①；
人求上进早读书。

【注】① 振翅:展翅飞翔。

名美尚欣闻过友①；
业高不废等身书。

【注】① 闻过友：即"闻过则喜"的好朋友。宋·司马光《奏弹王安石表》："伏遇陛下即位以来，日慎一日，闻过则喜，从谏如流。"

几番磨琢①方成器；
十载耕耘自见功。

【注】① 磨琢：亦作"琢磨"。亦喻品德、文章的磨砺修饰。

书山有路勤为径；
学海无涯苦作舟。

书从疑处翻成悟；
文到穷①时始有神。

【注】① 穷：彻底推求；深入钻研。

十年美誉①凭苦干；
万里鹏程②在读书。

【注】① 美誉：好声誉。
② 万里鹏程：比喻前程远大。《庄子·逍遥游》："鹏之徙于南冥也，水击三千里，抟扶摇而上者九万里。"

读书才恨知识浅；
观海方知天地宽。

学格人功思尚友①；
心常自律是严师。

【注】① 尚友：上与古人为友。《孟子·万章下》："以友天下之善士为未足，又尚论古

之人。颂其诗,读其书,不知其人,可乎?是以论其世也,是尚友也。"

古人所重在大节①;
君子于学无常师②。

【注】① 大节:关系存亡安危的大事。《论语·泰伯》:"临大节而不可夺也。"何晏集解:"大节,安国家,定社稷。"
② 常师:固定的老师。《论语·子张》:"夫子焉不学,而亦何常师之有?"

外物①不移方是学;
俗人②犹爱未为诗。

——宋·陆游

【注】① 外物:身外之物。多指利欲功名之类。
② 俗人:庸俗的人。

三世青毡①宜耐冷;
五更黄卷莫辞勤。

【注】① 青毡:指清寒贫困者。亦指清寒贫困的生活。唐·白居易《偶眠》诗:"妻教卸乌帽,婢与展青毡。"

教化①行而风俗美;
师道②立则善人多。

【注】① 教化:政教风化。
② 师道:为师之道。

学求正①人心自淑;
教化行②风俗斯美。

——明·耿橘

【注】① 求正:寻求正道。《荀子·解蔽》:"今诸侯异政,百家异说,则必或是或非,或

治或乱。乱国之君,乱家之人,此其诚心莫不求正而以自为也。"
② 化行:教化施行。北齐·颜之推《颜氏家训·勉学》:"周宏正奉赞大猷,化行都邑,学徒千余,实为盛美。"

埋头尚识为轮意①;
举目常新破卷心②。

——明·严澂

【注】① 埋头:形容专心致志。为轮意,一心为民之意。轮,车轮。
② 破卷心:勤学苦读。读书破万卷。

绎志①多忘嗟老大;
读书有味且从容。

——清·左宗棠

【注】① 绎志:相续不断地探求于解析。

竹里书声来隔院;
松间棋韵①静虚窗。

——清·高鹏年

【注】① 棋韵:即棋声。弈棋中落子发出的声音。

萦回水抱中和气;
平远山如蕴藉人①。

——清·俞樾

【注】① 蕴藉人:谓宽厚而有涵养的人。

紫阳问学①当千古;
白鹿②规模又一天。

——明·詹松理

【注】① 紫阳:即紫阳书院。问学,求知;求学。
② 白鹿:此指白鹿洞书院,宋初四大书院之一。

半亩方塘开一鉴;
千年正学①集诸儒。

——明·曹杰然

【注】① 正学:谓合乎正道学说。西汉武帝时,排斥百家,独尊儒术,始以儒学为正学。

传注六经①光往圣;
主盟千载惟先生。

——明·纪廷誉

【注】① 传注:谓解释经籍的文字。六经,六部儒家经典。

日月两轮天地眼①;
诗书万卷圣贤心。

——宋·朱熹

【注】① 天地眼:简作"天眼"。古人有日月乃天之眼睛之说。诗文中常用以指月亮。

风引江心过枕上;
睡余书味①在胸中。

【注】① 书味:书中的韵味。宋·陆游《晚兴》诗:"客散茶甘留舌本,睡余书味在胸中。"

天幸楚黄留辙迹;
人从洙泗识津梁①。

——清·王化龙

【注】① 洙泗:洙水和泗水。古时二水自今山东省泗水县北合流而下。春秋时,孔子在洙泗之间聚徒讲学。后因以"洙泗"代称孔子及儒家。津梁,比喻能起桥梁作

用的人或事物。

蓄得奇书①且勤读；
忽逢佳士②喜同游。

——清·李彦章

【注】① 奇书：未见之书。
② 佳士：品行或才学优良的人。唐·司空图《二十四诗品·典雅》："玉壶买春，赏雨茆屋。坐中佳士，左右修竹。"

一水长流池不涸；
两贤互磋道终同①。

【注】① 道终同：道，政治主张或思想体系。《论语·卫灵公》："道不同，不相为谋。"

三湘隽士①讲研地；
四海学人②向往中。

【注】① 隽士：即"俊士"，才智杰出的人。三湘，指湖南湘乡、湘潭、湘阴，泛指湖南。
② 学人：求学的人。

教同化雨①绵绵远；
泉似文澜汩汩来。

【注】① 化雨：长养万物的时雨。比喻循循善诱，潜移默化的教育。《孟子·尽心上》："君子之所以教者五：有如时雨化之者，有成德者，有达财者，有答问者，有私淑艾者。"

句里乾坤随指顾①；
斗南②钟鼓闹清秋。

——宋·张栻

【注】① 指顾：手指目视；指点顾盼。

② 斗南:北斗星之南。

三代遗规重庠序①；
九州奇变说山河。

——熊希龄

【注】① 遗规:先前留下来的法度、规则。庠序,古代的地方学校,后泛称学校。《孟子·梁惠王上》:"谨庠序之教,申之以孝弟之义。"

万丈光芒迎斗极①；
四周烟景②助文章。

——清·姜于冈

【注】① 斗极:喻指为天下所敬仰的人。
② 烟景:云烟缭绕的景色。

自抱孤忠悲越石①；
群推正学接横渠。

——清·唐鉴

【注】① 越石:指晋代抗敌名臣刘琨,字越石。

蓬莱文章建安骨①；
渔浦江山天下稀。

——清·黄心斋

【注】① 建安骨:指汉、魏之际曹操父子和建安七子等人诗文的刚健遒劲的风格。建安,汉献帝年号。

阶联台斗云霄路；
座拥图书道义①门。

【注】① 道义:道德和正义。

中国教化楹联精选·人事篇

楼头偶挂看山笏；
门外还停问字①车。

——清·黄自元

【注】① 问字：据《汉书·扬雄传》载：扬雄多识古文奇字，刘棻曾向扬雄学奇字。后来称从人受学或向人请教为"问字"。

文能换骨①余无法；
学到寻源自不疑。

——清·李彦章

【注】① 换骨：喻作诗文活用古人之意，推陈出新。宋·陆游《夜吟》诗："夜来一笑寒灯下，始是金丹换骨时。"

清坐使人无俗气①；
读书何计策新功。

【注】① 清坐：安闲地静坐。俗气，粗俗，庸俗不高雅。

夜半文光①射北斗；
朝来爽气挹西山。

【注】① 文光：绚烂的文采。清·黄遵宪《岁暮怀人》诗："赤崁城高海色黄，乍销兵气变文光。"

千重山势撑文笔①；
一派川流见道心②。

【注】① 文笔：文辞；文章。
② 道心：指天理、义理。《书·大禹谟》："人心惟危，道心惟微。"

才识奎星真面目；
更看沧海大文章。

——清·赵逢源

岳麓学府传千载；
书院①育才②有良规。

——张岱年

【注】① 书院：宋至清私人或官府设立的供人读书、讲学的处所，有专人主持。宋代书院以讲论经籍为主，其中最有名的有白麓、石鼓（一说为嵩阳）、应天、岳麓四大书院；元代书院遍及各路、州、府；明清书院更多，但多为习举业而设。清光绪二十七年后，改全国省、县书院为学堂，书院遂废。
② 育才：亦作"育材"。培养人才。《诗·小雅》："菁菁者莪，乐育材也。君子能长育人材，则天下喜乐之矣。"

文无定价惟求是；
理得真诠①始见精。

——清·王怀玉

【注】① 真诠：即"真谛"。泛指最真实的意义或道理。

正学废兴关世运①；
斯文②绝续在人才。

——清·刘尔炘

【注】① 世运：时代盛衰治乱的气运。
② 斯文：指礼乐教化，典章制度。

礼义廉耻①，四维之国；
庠序学校，三代遗规。

【注】① 礼义廉耻：古代所提倡的四种道德规范。认为是治国之四纲，亦称"四维"。《管子·牧民》："国有四维……何谓四维？一曰礼，二曰义，三曰廉，四曰耻。礼不踰节，义不自进，廉不蔽恶，耻不从枉。"

一身粉尘，传学授业①；
两袖清风，教书育人。

【注】① 授业:传授知识。《汉书·董仲舒传》:"下帷讲诵,弟子传以久次相授业,或莫见其面。"

育才兴邦,百年大计;
尊师重教①,一代新人。

【注】① 尊师重教:亦作"尊师重道"。尊敬师长,尊重其所传之道。《礼记·学记》:"师严然后道尊。"郑玄注:"尊师重道焉,不使处臣位也。"

教案尽览,古今中外;
讲台饱经,春夏秋冬。

教学相长①,师生共勉;
德才兼备,文武双全。

【注】① 教学相长:指教和学的相互促进。《礼记·学记》:"是故学然后知不足,教然后知困。知不足,然后能自反也;知困,然后能自强也。故曰:教学相长也。"

为人师表,诲而不倦①;
与国育才,教必有方。

【注】① 诲而不倦:即"诲人不倦"。教诲别人有耐心,不厌烦。《论语·述而》:"子曰:'默而识之,学而不厌,诲人不倦,何有于我哉!'"

诲人不倦,师道宗旨①;
不耻下问②,学士作风。

【注】① 师道:为师之道。此谓师法,指老师的学问或技术体系。宗旨,主要的思想或意图。
② 不耻下问:向地位、学问不如自己的人虚心请教,而不认为有失体面。《论语·公冶长》:"敏而好学,不耻下问,是以谓之文也。"

诚意正心①,只四字学;
读书静坐,各半日功。

【注】① 诚意正心:又作"正心诚意"。儒家所提倡的一种道德修养,谓心术正,意念诚。

身无半亩,心忧天下;
读破万卷,神交①古人。
——清·左宗棠

【注】① 神交:谓心意投合,指彼此没有见面,但精神相通。

博观万卷,才识豪迈;
纪述①百家,文翰昌明②。

【注】① 纪述:记载叙述。
② 文翰:文章,文辞。《晋书·刘伶传》:"未尝厝意文翰,惟著《酒德颂》一篇。"昌明,盛美。

开卷一瞥①,教益②非浅;
破书万卷,造诣③必深。

【注】① 一瞥:目光掠过。
② 教益:受教导后感觉受益匪浅。
③ 造诣:学习所达到的程度。

欲立根基①,无如为善;
能光门第②,只有读书。

【注】① 根基:基础。
② 门第:旧时家庭在社会上的地位等级和家庭成员的文化程度等。

闭户自精①,开卷有益;
垂露在手,清风入怀。

【注】① 闭户:指人不预外事,刻苦读书。语出《文选·任昉〈天监三年策秀才文〉》:"闭户自精,开卷独得。"

重道尊师,人文蔚起①;
发蒙②启智,国运昌隆。

【注】① 人文:指礼乐教化。《易·贲》:"观乎天文,以察时变,观乎人文,以化成天下。"孔颖达疏:"言圣人观察人文,则诗书礼乐之谓,当法此教而化成天下也。"后指各种文化现象。蔚起,蓬勃兴起。
② 发蒙:启发蒙昧。

百年大计①,树人②第一;
万代功业,立德当先。

【注】① 百年大计:指有关长远利益的计划或措施。
② 树人:培养,造就人才。

惟楚有材,于斯为盛;
沅生芷草①,澧育兰花。

——冯友兰

【注】① 沅生芷草:即"沅芷澧兰。"《楚辞·九歌·湘夫人》:"沅有芷兮澧有兰。"王逸注:"言沅水之中有盛茂之芷,澧水内有芬芳之兰,异于众草。"本指生于沅澧两岸的芳草,后用以比喻高洁的人或事物。

万化①所基,人伦②冠冕;
二南③之业,家学④渊源。

——徐永昌

【注】① 万化:万物变化。陶潜《己酉岁九月九日》诗:"万化相寻绎,人生岂不劳。"
② 人伦:封建礼教所规定的人与人之间的关系。特指尊卑长幼之间的等级关系。《孟子·滕文公上》:"人之有道也,饱食暖衣,逸居而无教,则近于禽兽。圣人(舜)有忧之,使契为司徒,教以人伦:父子有亲,君臣有义,夫妇有别,长幼有

序,朋友有信。"

③ 二南:指《诗经》的《周南》和《召南》。

④ 家学:家族世代相传之学。

振采扬花,香飘翰苑①;
文光德曜,照彻天垣。

【注】① 翰苑:即"文苑"。文翰荟萃之处。

祖述①尧舜,宪章文武;
裁成礼乐,参赞天人②。

【注】① 祖述:效法;仿效。语出《礼记·中庸》:"仲尼祖述尧舜,宪章文武。"

② 天人:特指天子。《晋书·应贞传》:"顺时贡职,入觐天人。"

用志不分,俯拾即是①;
开卷有得②,与古为新。

【注】① 俯拾即是:亦作"俯拾皆是。"俯身拾取,即得此物。言其多且易得。

② 开卷有得:亦作"开卷有益"。谓打开书本阅读,就会有所得益。

居近识远,处今知古;
研经①赏理,敷文②奏怀。

——清·李彦章

【注】① 研经:即"研经铸史"。精研经史,形容学问渊博。

② 敷文:铺叙文字。指写作。

可以居高明远眺望;
是能说礼乐①敦诗书。

【注】① 礼乐:礼节和音乐。古代帝王常用兴礼乐为手段以求达到尊卑有序,远近和合的统治目的。

中国教化楹联精选·人事篇

公羊①传经,司马记史②;
白虎论德,雕龙文心。

——清·阮元

【注】① 公羊:指战国时齐人公羊高,著有《春秋公羊传》。
② 司马记史:谓司马迁著《史记》。

教书日夜,劳神①似父母;
育人时刻,修理②如园丁。

【注】① 劳神:耗费精神。《汉书·叙传下》:"汉武劳神,图远甚勤。"
② 修理:操持;料理。

呕心沥血①,为矻矻②学子;
兴国安邦,有济济人才。

【注】① 呕心沥血:形容费尽心思和能力。
② 矻矻:勤劳不懈貌。《汉书·王褒传》:"器用利,则用力少而就效众。故工人之用钝器也,劳筋苦骨,终日矻矻。"

慧心①育桃李,金石②可镂;
巧手绣春光,栋梁成材。

【注】① 慧心:聪慧的心思。
② 金石:金和美石之属。语出《荀子·劝学》:"锲而舍之,朽木不折;锲而不舍,金石可镂。"常用以比喻事物的坚固、刚强,心志的坚定、忠贞。

培桃植李,树百年师范①;
雕梁画栋,标万代文明。

【注】① 师范:学习的榜样。南朝·梁·刘勰《文心雕龙·通变》:"今才颖之士,刻意学文,多略汉篇,师范宋集。"

育成栋梁材,经天纬地①;
造就后来者,治国安邦。

【注】① 经天纬地:谓经营天下,治理国政。语出《国语·周语下》:"经之以天,纬之以地,经纬不爽,文之象也。"

教书授古今,循序渐进①;
育人输中外,因地制宜②。

【注】① 循序渐进:顺着次序逐步深入或提高。《论语·宪问》:"知我者其天乎?"朱熹《集注》:"但知下学而自然上达,此但自言其反己自修,循序渐进耳。"
② 因地制宜:根据各地情况而制订适宜的办法。此谓根据当地的需要而施教。

喜有两眼明,多交益友①;
恨无十年暇,尽读奇书。

【注】① 益友:有益的朋友。语出《论语·季氏》:"益者三友"。

书搜万卷,读书求实用;
笔剩一枝,下笔尚真情。

——清·王士祯

性道①在文章,深造自得;
廉平称治绩②,遗爱③无穷。

【注】① 性道:禀性。
② 廉平:清廉公平。治绩,为政的成绩。《三国志·蜀书·邓芝传》:"(邓芝)所在清严有治绩,入为尚书。"
③ 遗爱:指留于后世而被人追怀的德行、恩惠、贡献等。

千百年楚材①,导源于此;
近世纪湘学,与日争光。

——虞愚

【注】① 楚材:亦作"楚才"。楚地的人才。亦泛指南方的人才。

华发缕缕①,映照九州桃李;
心血涓涓②,浇灌四化栋梁。

【注】① 华发:花白的头发。缕缕,犹言一丝丝。形容纤细。
② 涓涓:细水缓流貌。

沥血呕心,育出莘莘学子;
忘餐废寝,造就济济人才。

学如逆水行舟①,不进则退;
心似平原走马,易放难收。

【注】① 逆水行舟:逆着水流行船,比喻处境困难,必须努力从事。

开卷有益,知识就是力量;
自强不息①,光阴贵于黄金。

【注】① 自强不息:谓自己努力向上,永不停息。《易·乾》:"天行健,君子以自强不息。"

读万卷书,还须行万里路;
享百年寿,何如作百世师①。

【注】① 百世师:谓人的品德学问永远为后代的表率。语出《孟子·尽心下》:"圣人,百世之师也。"

与善人①交,如入芝兰之室②。
从良师学,幸登桃李之门。

【注】① 善人:有道德的人,善良的人。《论语·述而》:"善人,吾不得而见之矣;得见有恒者,斯可矣。"邢昺疏:"善人,即君子也。"
② 芝兰之室:语出《孔子·家语·六本》:"与善人居,如入芝兰之室,久而不闻其香,即与之化矣。"后比喻贤士之所居,亦指助人从善的环境。

中国教化楹联精选·人事篇

学贵有恒,切莫半途而废;
才须积累,休忘一篑之功①。

【注】① 一篑之功:即"功亏一篑。"《书·旅獒》:"为山九仞,功亏一篑。"言堆九仞高的山,只差一筐土而未能完成。比喻做一件事只差最后一点努力而未能成功。多含惋惜意。

学校造人才,为改造社会;
读书为做事,不是为做官。

——李大钊

园丁勤浇灌,喜尝丰硕果;
桃李争芬芳,乐做栋梁材。

粉笔如椽,谱千秋教育史;
丹心似火,暖万颗童稚心。

坚持实践检验真理标准;
发扬理论联系实际学风。

闭户自精①,云无心以出岫②;
登高能赋,文异水而涌泉③。

——清·吴书农

【注】① 闭户自精:谓闭门不出,洁身自保。
② 出岫:出山,从山中出来。晋·陶潜《归去来兮辞》:"云无心以出岫,鸟倦飞而知还。"
③ 涌泉:水向上喷出的泉。三国·魏·曹植《王仲宣诔》:"文若春华,思若涌泉;发言可咏,下笔成篇。"

振纲常①于勿替，薪传一脉；
文礼乐以成章，道统②千年。

【注】① 纲常："三纲五常"的简称。封建时代，以君为臣纲，父为子纲，夫为妻纲为三纲；仁、义、礼、智、信为五常。
② 道统：宋明理学家称儒家学术思想授受的系统。

遵道①而行，学者必以规矩；
诲人不倦②，焕乎其有文章。

【注】① 遵道：遵循正道；遵守法度。语出《礼·中庸》："君子遵道而行，半途而废，吾弗能已矣！"
② 诲人不倦：谓教诲别人有耐心，不厌烦。《论语·述而》："子曰：默而识之，学而不厌，诲人不倦，何有于我哉？"

振作千秋道服①，薪传②勿替；
文衡③百代儒宗，主宰有权。

【注】① 道服：僧道的服装。此指家居穿的道袍。
② 薪传：比喻师生传授，学问一代一代地流传。
③ 文衡：旧谓判定文章高下以取士的权力。评文如以秤衡物，故云。

文德①如天，照著九天星斗；
帝恩似海，变化四海鱼龙②。

【注】① 文德：指礼乐教化。与"武功"相对。《论语·季氏》："故远人不服，则修文德以来之。"
② 变化四海鱼龙：谓鱼变化为龙。比喻世事或人的根本性变化。

不看破义利关，何须讲学①；
要认识忠孝字，才是读书。

——清·冯子材

【注】① 讲学：研习；学习。此谓讲述自己的学术理论。

雅言①诗,雅言书,雅言执礼;
丽乎天,丽乎地,丽乎人文。

【注】① 雅言:雅正之言。古时指通语,与方言对称。《论语·述而》:"《诗》《书》执礼,皆雅言也。"杨伯峻注:"雅言,当时中国所通行的语言。"

异地同堂,行藏①安于所遇;
一心千古,神明存乎其人。

——清·王化龙

【注】① 行藏:指出处或行止。语出《论语·述而》:"用之则行,舍之则藏。"

诏有格言①,求真才于正学;
教无异术,体至理于常行。

——明·邵宝

【注】① 格言:含有教育意义可为准则的话。宋·司马光《河间献王赞》:"周室衰,道德坏……重以暴秦,害圣典,疾格言,燔诗书,屠术士。"

心远地偏,修然千仞之表;
格言古行,卓乎百世之师①。

【注】① 百世之师:谓自古以来所遇到的知识最为渊博的老师。

白鹿洞开,泉谷烟霞①竞秀;
紫阳道在,圣贤师友同归。

——明·张寰

【注】① 烟霞:泛指山水,山林。

贵有恒,何必三更眠五更起;
最无益,莫过一日曝十日寒①。

——毛泽东

【注】① 一日曝十日寒：即"一暴十寒"。晒一天，冷十天。比喻做事没有恒心。《孟子·告子上》："虽有天下易生之物也，一日暴之，十日寒之，未有能生者也。"

　　读古人书，须处地设身①一想；
　　论天下事，要揆情度理②三思。

【注】① 设身处地：设想自己处在另一人的地位或环境中。
② 揆情度理：亦作"揆理度情"，从情理上揣度。

　　何物动人①，二月杏花八月桂；
　　有谁催我，三更灯火五更鸡②。

【注】① 动人：引人注意，打动人心。
② 三更：指半夜时分，五更，天刚黎明。此句谓勤奋读书的学子，睡得晚，起得早。

　　世上几百岁旧家①，无非积德；
　　天下第一件好事，还是读书。

【注】① 旧家：犹世家。指上代有勋劳和社会地位较高的家族。

　　富不读书，纵有银钱身何贵；
　　贫而好学，虽无功名①志气高。

【注】① 功名：功业和名声。《庄子·山木》："削迹捐势，不为功名。"

　　天下奇观，看尽不如书卷好；
　　世间滋味，尝来无过菜根香①。

【注】① 菜根香：泛指蔬菜的美味无与伦比。比喻清贫的生活。

　　辛勤似园丁，喜爱栽桃培李；
　　献身若红烛，无愧益友良师。

中国教化楹联精选·人事篇

呕心施教①,蜡烛精神诚可贵;

沥血育人,人梯②风格更堪钦。

【注】① 施教:进行教育。《管子·弟子职》:"先生施教,弟子是则。"

② 人梯:指为帮助他人进步或做成某一事业而做出自我牺牲的人。

治教①有方,满腹经纶②融化雨。

育苗得道,漫山桃李笑春风。

【注】① 治教:犹政教。指政事与教化。

② 满腹经纶:形容人饱学而有处理大事的才能。经纶,原指整理丝缕,后引申为人的才能与本领。

呕心沥血浇花朵,春风溢彩;

茹苦含辛①育栋梁,时雨流金。

【注】① 茹苦含辛:即"含辛茹苦"。亦作"含辛忍苦"。茹,吃。谓教师辛勤劳动,忘我地工作。

重德重才,潜心①造就新一代;

管教管导,全面培养接班人。

【注】① 潜心:专心。《三国志·蜀书·向朗传》:"潜心典籍,孜孜不倦。"

呕心沥血育英才,致力四化;

刺股悬梁求大器①,振兴中华。

【注】① 刺股:战国时,苏秦游说秦王,上书十次,不为所用,资用困乏,乃归里发愤读书;读书欲睡,则以锥刺股,终为六国相。后以"刺股"喻刻苦攻读。悬梁,即"头悬梁"。喻勤学。大器,比喻有大才,能担当大任的人。

阳光普照,园丁心坎①春意暖;

雨露②滋润,桃李枝头蓓蕾红。

【注】① 心坎：心中，内心深处。
② 雨露：比喻恩泽，亦谓沐浴恩泽。

> 莫谓孤寒①，多是读书真种子；
> 欲求学问，须从伏案②下功夫。

【注】① 孤寒：出身低微。
② 伏案：俯伏在桌子上。多形容勤奋读书或写作。

> 华宇比肩①，百年大计宏图远；
> 高楼联袂②，银屏赐教育英才。

【注】① 比肩：一个连接一个，形容众多。
② 联袂：衣袖相连，喻携手偕行。

> 普及教育，一代英豪竞飞跃；
> 开发智力，百年树人启玄机①。

【注】① 玄机：天赋的灵性。唐·赵璘《因话录·商上》："兵部员外郎约，汧公之子也。以近属宰相子，而雅度玄机，萧萧冲远。"

> 学问贵能疑，疑乃可以启信；①
> 读书在有渐②，渐乃庶几③有成。

【注】① 启信：启发你释疑的信心。
② 渐：即"循序渐进"，一步一步取得新知识，新见解。
③ 庶几：差不多，可能。

> 览诸子百家①，胜似广交好友；
> 读圣贤经传②，何殊坐对严师。

【注】① 诸子百家：先秦自汉初学术思想流派的总称。诸子，指孔子、老子、墨子等。百家举成数言。
② 经传：儒家典籍经与传的统称。传是阐释经文的著作。

百尺高梧①，撑得起一轮月色；
数椽矮屋，锁不住五更书声。

【注】① 百尺高梧：谓十丈以上的高树。喻极高的官位和功名。

挂角囊萤①，百尺竿头更进步②；
悬梁刺股，九天云路竟先登。

【注】① 挂角囊萤：晋·车胤家贫，夏夜读书，以囊盛萤火照明。事见《晋书》本传。后以"囊萤"为勤学苦读的典故。
② 百尺竿头更进步：比喻在取得成就后，争取更大的成就。宋·朱熹《答巩仲至书》："故聊复言之，恐或可以少助百尺竿头更进一步之势也。"

豪杰①挺生，遂令名山萦旧梦；
英才乐育，犹看学子步青云。

【注】① 豪杰：指才能出众的人。《庄子·天下》："豪杰相与笑之曰：'慎到之道，非生人之行，而至死人之理，适得怪焉。'"

尊师重教，自古美德①传万代；
报国育才，当今伟业②颂千秋。

【注】① 美德：高尚的品德。《史记·礼书》："洋洋美德乎！宰制万物，役使群众，岂人力也哉！"
② 伟业：即"伟绩"。伟大的业绩或事迹。

春雨浇苗，满园桃李十分色；
大鹏展翅，一代天骄①万里程。

【注】① 天骄：即"天之骄子。"比喻有才能，有影响的人。

云起龙骧①，英雄事业呼才俊；
舌耕②笔种，春圃园丁费仔肩。

【注】① 龙骧:亦作"龙襄"。昂举腾跃的样子。《汉书·叙传下》:"云起龙襄,化为侯王,割有齐、楚,跨制淮、梁。"
② 舌耕:旧时称以授徒讲学谋生。

　　学者当以天下国家为己任;
　　我能拔尔抑塞①磊落②之奇才。

————清·张百熙

【注】① 抑塞:压抑;阻塞。
② 磊落:形容胸怀坦荡。

　　智水仁山①,日日当前逞道体②;
　　礼门义路③,人人于此见天心④。

【注】① 智水:对水的一种美称。智水仁山,即"仁者乐山,智者乐水。"
② 道体:道的本体,道的主体。
③ 礼门:谓君子所循的礼仪之道,语出《孟子·万章下》:"夫义,路也;礼,门也。惟君子能由是路,出入是门也。"
④ 天心:本性,本心。

　　天相楚黄,万古斯文开道脉;
　　地留辙迹,千秋多士接薪传。

————清·刘泽溥

　　我辈来游,不独问津兼问俗;①
　　诸生②志学,试言忧道不忧贫。

————明·胡松

【注】① 问津:寻访或探求。问俗,访问风俗。《礼记·曲礼上》:"入境而问禁,入国而问俗,入门而问讳。"
② 诸生:众多有知识学问之士,众多儒生。

中国教化楹联精选·人事篇

统绪继横渠①,雅化②渐于山海;
导源承泗水,英才擢自门墙③。

——明·吴士鸿

【注】① 统绪:头绪;系统。宋朝·梁·刘勰《文心雕龙·附会》:"若统绪失宗,辞味必乱。"横渠,即张载,字子厚,陕西横渠人,人称"横渠先生"。宋代思想家。
② 雅化:谓趋于文雅,高雅。
③ 门墙:即"门墙桃李"。比喻他人所栽培的后辈或所教的学生。

青眼①高歌,异日应多天下士;
华阴回首,当年共读古人书。

——清·左宗棠

【注】① 青眼:借指知心朋友。宋·司马光《同张圣民过杨之美明日投此为谢》诗:"呼儿取次具杯盘,青眼相逢喜无极。"

学贯九流①,汇此地人文法海;
秀冠三湘,看群贤事业名山。

——清·左宗棠

【注】① 九流:先秦的九个学术流派。《汉书·叙传下》:"刘向司籍,九流以别。"颜师古注引应劭曰:"儒、道、阴阳、法、名、墨、纵横、杂、农,凡九家。"

风声雨声读书声,声声入耳;
家事国事天下事,事事关心。

——明·顾宪成

惟楚有材,三湘弟子遍天下;
于世无偶,百代弦歌①贯古今。

【注】① 弦歌:指礼乐教化。《论语·阴货》:"子之武城,闻弦歌之声。"

主敬存诚①,坦荡荡②天空地阔;
穷理尽性③,活泼泼鱼跃鸢飞。

——清·刁承祖

【注】① 主敬存诚:谓恪守诚敬。《礼记·少仪》:"宾客主恭,祭祀主敬。"宋儒以此为律身之本。
② 坦荡荡:形容胸襟开朗,心地纯洁。《论语·述而》:"君子坦荡荡,小人长戚戚。"
③ 穷理尽性:穷究天地万物之理与性。《易·说卦》:"穷理尽性,以至于命。"

六经皆圣贤心精①,讵云糟粕②;
一贯即学者忠恕③,亦非神奇。

——明·侯先春

【注】① 心精:心情。汉·王符《潜夫论·梦列》:"心精好恶,于事验,谓之性。"
② 糟粕:酒滓。比喻粗劣而没有价值的东西。
③ 一贯:谓用一种道理贯穿于万事万物。《论语·里仁》:"吾道一以贯之。"邢昺疏:"言夫子之道,唯以忠恕一理,以统天下万事之理。"忠恕,儒家的一种道德规范。忠,谓尽心为人;恕,推己及人。

集诸儒,析群疑,传斯文正印①;
继往圣,开来学,为万世宗师。

【注】① 斯文:儒士;文人。正印,犹正宗。

师师①庶僚,居安宅而立正位②;
济济多士,由义路而入礼门。

——宋·朱熹

【注】① 师师:众多貌。
② 正位:中正之位。《易·坤》:"君子黄中通理,正位居体。"

中国教化楹联精选·人事篇

远心潜志①,修齐治国平天下②;
东南尽美,文物衣冠出杏坛③。

【注】① 潜志:专心致志。
② 修齐治国平天下:语出《礼记·大学》。指提高自身修为,管理好家庭,治理好国家,安抚天下苍生的抱负。
③ 杏坛:相传为孔子聚徒授业讲学处。

东壁图书,经笥①墨庄真富贵;
坡亭风月,玉堂金马②比清华。

【注】① 经笥:装盛书籍的竹箱。
② 玉堂金马:原指汉代的金马门与玉堂殿。后来也用作翰林院的美称。

地位清高,日月每从肩上过;
门庭开豁,江山常在掌中看。

——宋·朱熹

傍山临流,自喜轩窗无俗韵①;
吟风弄月②,都移造化入诗篇。

【注】① 俗韵:不高雅的乐声。
② 吟风弄月:谓以风花雪月等自然景物为题材作诗词。

圣迹岿然,仰止高山如阙里①;
津声宛在,依稀流水即洙源。

——清·詹大衢

【注】① 仰止高山:即"高山仰止"。语出《诗·小雅》:"高山仰止,景行行止。"后用以谓崇敬仰慕。阙里,孔子故里。

仰止弥高,快睹贤关登圣域①;
大观②在上,好从人境达天衢③。

——明·王畿

【注】① 贤关:进入仕途的门径。《汉书·董仲舒传》:"太学者,贤士之所关也,教化之本原也。"圣域,犹言圣人的境界。
② 大观:谓为人所瞻仰。《易·观》:"大观在上,顺而巽,中正以观天下。"
③ 人境:尘世,人所居止的地方。晋·陶潜《饮酒》诗:"结庐在人境,而无车马喧。"天衢,天空广阔,任意通行,为世之广衢。

易俗移风①,则礼乐之用为急;
明心见性②,即诗书所称何如。

——明·李右谦

【注】① 易俗移风:改变习俗,转移风气。
② 明心见性:佛教语。谓屏弃世俗一切杂念。

精白①一心,入手恍听蚕食叶;
丹黄②万卷,到头停看鹿衔苹③。

——清·邓廷桢

【注】① 精白:纯净洁白;纯洁清白。《史记·天官书》:"稍云精白者,其将悍,其士怯。"
② 丹黄:旧时点校书籍用朱笔书写,遇误字,涂以雌黄,故称点校文学的丹砂和雌黄为丹黄。
③ 鹿衔苹:即"鹿衔草"。

场列东西,两道文光①齐射斗;
帘分内外,一毫关节②不通风。

【注】① 文光:绚丽的文采。
② 关节:指暗中行贿勾通官吏的事。

楼起层霄,是明目达聪①之地;
星辉文曲,看笔歌墨舞而来。

——清·邓廷桢

【注】① 明目达聪：指当权者多方观察民情，广泛听取意见。《书·舜典》："明四目，达四聪。"

下笔千言，撷滹水沱山①之胜；
停轺②一望，载清风明月而归。

——清·汪元方

【注】① 滹水沱山：指滹沱河两岸之山水。
② 停轺：停车。

台接囊萤①，似车武子方称学者；
池临洗墨，看范希文何等秀才。

【注】① 囊萤：即"萤窗雪案"。《晋书·车胤传》："胤恭勤不倦，博学多通。家贫不常得油，夏月则练囊盛数十萤火以照书，以夜继日焉。"

智当如源泉，培栽桃李终生暖；
行亦作表率①，贻误②子孙满目寒。

【注】① 表率：榜样。《汉书·韩延寿传》："幸得备位，为郡表率。"
② 贻误：耽误。

卫道尊经①，欲挽世风②，先存国粹③；
兴养立教④，既开民智，兼正人心。

【注】① 卫道：指卫护儒家道统。宋明理学家称儒家学术思想授受的系统为道统。尊经，尊崇经典。经，指儒家经典。
② 世风：社会风气。
③ 国粹：旧时指我国文化艺术中的精华。亦泛指一国特有的事物。
④ 立教：树立教化；进行教导。

教之以才，导之以德，足为师矣；
学而不厌，诲人不倦，可作表焉。

大本领人,当时不见有奇异处;
真学问者,终身无所谓满足时。

四体①不勤,五谷不分,孰为夫子②;
小疑必问,大事必闻,才算学生。

——陶行知

【注】① 四体:四肢。引申指整个身体、身躯。语出《论语·微子》。

② 夫子:对学者的称呼。如宋理学家朱熹,人称朱夫子。

藏修息游①,须念贤公卿之缔造②;
文章道义③,勉循古濂洛④之渊源。

——清·史致昌

【注】① 藏修息游:语出《礼记·学记》:"君子之于学也,藏焉、修焉、息焉、游焉。"谓专心于学习。

② 公卿:泛指高官。缔造,指创立大事业。

③ 道义:阐明义理。

④ 濂洛:即"濂洛关闽"。宋代理学的四个学派。"濂"指濂溪周敦颐;"洛"指洛阳程颢、程颐;"关"指关中张载;"闽"指讲学于福建的朱熹。

高贤为辩诘①来,岂在寻山玩水;
大义②至通畅后,何殊弄月吟风③。

【注】① 高贤:指高尚贤良的人。辩诘:辩难诘问。

② 大义:正道;大道理。

③ 弄月吟风:即"吟风弄月"。谓以风花雪月等自然景物为题材作诗词。今多贬称作品只谈风月而逃避现实。

倚槛①俯江流，一线涛来文境②活；
迎门饮湖绿，万松深处讲堂③开。

——清·俞樾

【注】① 倚槛：即"倚栏"。凭靠在栏杆上。
② 文境：文章的意境。
③ 讲堂：儒师讲学的堂舍。

言教①莫如诗，观悟到中庸②章句；
身教③莫如礼，持循在乡党一篇。

——明·高世泰

【注】① 言教：指上对下的告谕。
② 中庸：儒家的政治、哲学思想。主张待人、处事不偏不倚，无过无不及。《论语·雍也》："中庸之为德也，其至矣乎。"何晏集解："庸，常也，中和可常行之德也。"
③ 身教：谓用自身的行为教育别人。

瀛山聚硕彦①，格致遗言标正学；
鉴水留芳咏，徘徊真趣②见源头。

——陈济鲁

【注】① 硕彦：即"硕贤"，指才智杰出的学者。
② 真趣：真正的意趣、旨趣。

鹿洞衍心传①，集注千秋明大道；
鸿泥②留爪迹，画图一幅志亲题。

——清·张绍江

【注】① 心传：佛教语。犹言以心传心。禅宗谓不立文字，不依经卷，唯以师徒心心相印，悟解契合，递相授受。后泛指精义相传。
② 鸿泥：即"雪泥鸿爪"，鸿雁在雪地上走过时留下的脚印。宋·苏轼《和子由

渑池怀旧》诗:"人生到处知何似,应似飞鸿踏雪泥。泥上偶然留指爪,鸿飞那复计东西。"后用"雪泥鸿爪"比喻事情过后留下的痕迹。

更新观念,抓好成人大学教育网;
注重素质,选拔社会主义栋梁材。

武侯读书,大意①略观,是讲求经济;
渊明鼓琴,不求甚解②,乃涵养性情③。
——宋·文天祥

【注】① 大意:谓大概意思,不求其甚解。
② 不求甚解:意谓读书只求领会要旨,不刻意在字句上花工夫。今多谓对待学习、工作不认真,不求深入理解。晋·陶渊明《五柳先生传》:"好读书,不求甚解,每有会意,欣然忘食。"
③ 性情:人的禀性和气质。《易·乾》:"利贞者,性情也。"

言教身教①,因材施教,教亦多术矣;
择师相师②,育人由师,师不足尊乎。

【注】① 言教身教:即"言传身教"。谓一面用语言进行传授,一面在行动上以身作则。指言行起模范作用。
② 相师:互相学习,仿效。

五百年逃墨归儒①,跨开元之顶上;
十二峰送青②排闼,自天宝以飞来。
——宋·朱熹

【注】① 逃墨归儒:语出《孟子·尽心下》:"逃墨必归于扬,逃扬必归于儒。"
② 送青:犹言呈现青色。宋·王安石《书湖阴先生壁》诗:"一水护田将绿绕,两山排闼送青来。"

登云有路志为梯,联步高攀凤阁①；
瀛海无涯勤是岸,翻身跳进龙门。

【注】① 凤阁:华丽的楼阁。多指皇宫内的楼阁。

三千年道学①真传,惟有一中授受②；
五百里贤人会聚,只因两字商量。

【注】① 道学:儒家的道德学问。
② 授受:给予和接受。

安得建广厦千万间,庇及一班寒素①；
只须在学堂三四载,无亏九仞②工夫。

【注】① 寒素:指家境贫寒之人。
② 九仞:形容极高或极深。《书·旅獒》:"为山九仞,功亏一篑。"

十年树木,百年树人,须知任重道远；
教之以理,育之以情,方为益友良师。

譬如为山,已臻九仞工夫,毋亏一篑；
有似观海,且看群流荟萃,容纳百川①。

【注】① 容纳百川:即"海纳百川",喻容受量大。

同心同德①又同堂,此日杏坛如现在；
变鲁变齐今变楚,当年车辙不曾回。

——明·萧继芄

【注】① 同心同德:谓思想行动完全一致。

宫墙①东鲁耸千寻,此中须另有世界；
门户②三吴辟一径,这里莫错过路头③。

——明·耿橘

【注】① 宫墙:后世指师门。《论语·子张》:"譬之宫墙,赐之墙也及肩,窥见室家之好。夫子之墙数仞,不得其门而入,不见宗庙之美,百官之富。"
② 门户:指门第。指家庭在社会上的地位等级。
③ 路头:指路口。

反己①有真修②,须留神检到心身界上;
加工无别法,务着力打开义利关头。

——清·林青圃

【注】① 反己:回过头来要求自己。
② 真修:精诚修持。

希贤,希圣,希天①,尚友②诗书,其揆则一③;
立言,立功,立德,名山俎豆,不朽者三④。

——清·蒋益澧

【注】① "希贤"句:语出宋·周敦颐《通书·志学》。谓仰慕贤者,愿与之齐等。
② 尚友:上与古人为友。
③ 其揆则一:道理与准则。《孟子·离娄下》:"地之相去也,千有余里……先圣后圣,其揆一也。"
④ 不朽者三:即"三不朽"。谓立德,立功,立言。

地域接衡岳潇湘①,自昔秀异钟英杰②;
人群同礼义廉耻③,学问何曾变古今。

【注】① 衡岳:即南岳衡山。潇湘,湘江与潇水的并称。多指今湖南地区。
② 英杰:才智杰出的人;英豪。
③ 礼义廉耻:古代提倡的四种道德规范。并认为是治国的四纲。亦称"四维"。《管子·牧民》:"国有四维……何谓四维?一曰礼,二曰义,三曰廉,四曰耻。礼不踰节,义不自进,廉不蔽恶,耻不从枉。"

虽富贵不易其心,虽贫贱不移其志;
以通经①学古为高,以救时行道②为贤。

——清·张之洞

【注】① 通经:通晓经学。

② 救时:匡救时弊。行道,实践自己的主张或所学。

涟水湘山俱有灵,其秀气①必钟英哲;
圣贤豪杰都无种,在儒生自识指归②。

——清·曾国藩

【注】① 秀气:灵秀之气。南朝·梁·刘勰《文心雕龙·徵圣》:"精理为文,秀气成采。"

② 儒生:即"儒士""儒者"。专崇儒学,通习儒家经书的人。汉以后泛指一般读书人。指归,主旨;意向。

志在春秋①,行在孝经,此为鹄臣鹄子;
虽有文事②,必有武备,法我先圣先师③。

——清·张之洞

【注】① 春秋:编年体史书名,相传孔子据鲁史修订而成。

② 文事:文德教化之事。泛指非军事方法的事情。《谷梁传·定公十年》:"因是以见,虽有文事,必有武备。"

③ 先圣:先世圣人。后泛指孔子。先师,亦称孔子。

何必读尽圣贤书,能全孝友便为实学①;
纵然周知②天下事,不识进退总是愚人。

【注】① 孝友:对父母孝顺,对兄弟友爱。《诗·小雅·六月》:"侯谁在矣,张仲孝友。"毛传:"善父母为孝,善兄弟为友。"实学,切实有用的学问。

② 周知:遍知。

浇水浇肥浇汗浇心血，园丁不遗余力①；
有枝有叶有花有果实，桃李没负苦心②。

【注】① 不遗余力：谓毫无保留地使出全部力量。《战国策·赵策三》："秦不遗余力矣，必且破赵军。"

② 苦心：费尽心思。《庄子·渔父》："苦心劳形，以危其贞。"

披星戴月①，愿育桃李，给九州河山添秀；
沐雨栉风②，甘作园丁，为中华大业增芳。

【注】① 披星戴月：形容早出晚归或夜行。

② 沐雨栉风：风梳发，雨洗头。形容奔波劳苦。《庄子·天下》："沐甚雨，栉疾风。"

阳春初回，看晖晖和风，吹发枝枝桃李；
白驹过隙①，愿莘莘学子，珍惜寸寸光阴。

【注】① 白驹过隙：亦作"白驹过郤"，谓日影如白色的骏马飞快地驰过缝隙。形容时间过得很快。《庄子·知北游》："人生天地之间，若白驹之过郤，忽然而已。"

风气①会八方，认定指归②，端在濂源洛委；
学人③展初步，拓开眼界，还从岳色河声。

——清·许乃钊

【注】① 风气：指诗文书画的风格或气韵。

② 指归：主旨；意向。

③ 学人：求学的人。

伊洛①道统自北而南，先生实承前启后；
洙泗心传②有一无二，诸贤复尊闻行知③。

——清·胡慎

【注】① 伊洛：即"伊洛之学"。指宋·程颢、程颐的理学。

② 心传:指圣人以心性精义相传。
③ 行知:实践其所得到的知识。

一派心传,为异为同,皆足衍西江道脉①;
群贤踵接②,或仕或隐,大堪震东鲁宗风③。

【注】① 道脉:即道统。
② 踵接:即"接踵"。接触到前人的足脚。常谓相继、相从,连续不断或衔接着。
③ 宗风:原指佛教各宗系特有的风格、传统,多用于禅宗。有时也用以泛指道教或文学艺术各流派独有的风格和思想。

人只此人,不入圣,便作狂,中间难站脚;
学须就学①,昨既过,今又待,何日始回头。

——明·吕坤

【注】① 就学:谓从师学习。

入则孝,出则悌①,守先王②之道,以待后学③;
颂其诗,读其书,友天下之士,尚论古人。

——清·朱彝尊

【注】① 入则孝,出则悌:即"入孝出悌。"《论语·学而》:"子曰:'弟子入则孝,出则悌。'"谓回家要孝顺父母,出外要敬爱兄长。
② 先王:指上古贤明的君王。
③ 后学:对前辈学者的自谦之辞。

院以山名,山因院盛,千年学府①传于古;
人因道立,道以人传,一带风流直到今。

【注】① 学府:与学问、学术有关的机构,现称学校为"学府"。

明是明自家,行是行自家,学问只求诸己①;
明是自家明,行是自家行,功夫②不靠他人。

——明·耿橘

【注】① 学问:学习和询问。《易·乾》:"君子学以聚之,问以辩之。"求诸己,即求自己。
② 功夫:本领;造诣。

圣功由蒙养而基①,有志专精②,自纯造诣③;
学业以渐进为贵,相期④远大,岂限前程。

【注】① 圣功:谓至圣之功,至高无上的功业德行。蒙养,教育童蒙。
② 专精:专心一致。
③ 造诣:学业所达到的程度。
④ 相期:期待;相约。

学业在专精,入室升堂①,阶级须由层累;
人才经培养,穷源竟委②,中外尽得贯通。

【注】① 入室升堂:原比喻学习所达到的境地有程度深浅的差别,后用以称赞在学问和技艺上的由浅入深,渐入佳境。
② 穷源竟委:即"穷原竟委"。比喻深入探求事物的始末。《礼记·学记》:"三王之祭川也,皆先河而后海,或源也,或委也,此之谓务本。"

士所尚在志,行远登高①,万里鹏程关学问;
业必精于勤②,博闻强识③,三余蛾术④惜光阴。

——清·朱兰坡

【注】① 行远登高:《礼记·中庸》:"君子之道,譬如行远必自迩,譬如登高必自卑。"后比喻为学由浅入深,逐步提高。
② 业必精于勤:谓学业的精进在于勤奋。唐·韩愈《进学解》:"业精于勤,荒于嬉;行成于思,毁于随。"
③ 博闻强识:见闻广博,记忆力强。
④ 三余:泛指空闲时间。蛾术,《礼记·学记》:"蛾子时术之。"郑玄注:"蛾,蚍蜉也。蚍蜉之子,微虫耳,时术蚍蜉之所为,其功乃复成大垤。"后以"蛾术"比喻勤学。

述粹言①,续绝学②,递启儒宗③,若江河之行地;
持正论④,辟新径,独尊道统,如日月之中天⑤。

——明·归庄

【注】① 粹言:精妙的言辞。
② 绝学:失传的学问。
③ 儒宗:儒者的宗师,汉以后亦泛指为读书人所宗仰的学者。
④ 正论:正确合理的言论。
⑤ 日月之中天:谓日月天天运行天空,江河天天流过大地。形容光明正大永存不废。

无隐亦无言,俯察仰观,百物四季皆道妙;
善学还善晤,静存动会,落花流水尽文章。

——清·曾源泗

广厦正新开,乐此间化雨宜人,春风坐我;
前程当远到,望多士文章华国①,经济匡时②。

——清·郭庆飏

【注】① 华国:光耀国家。晋·陆机《张二侯颂》:"文敏足以华国,威略足以振众。"
② 匡时:匡正时世;挽救时局。

矩令若霜严①,看多士俯伏低徊,群嚣尽息;
襟期②同月朗,喜此地江山人物,一览无遗。

——清·李渔

【注】① 矩令:即"矩度",规矩法度。此谓考场规矩。霜严,即"严厉"。比喻考场制度的严格。
② 襟期:襟怀、志趣。

皇路①许驰驱,举孝兴廉,海峤②人文罗福地;
天门③同诀荡④,蜚声腾实,蓬瀛⑤才望夺清时。

——清·林则徐

【注】① 皇路:比喻仕途。

② 海峤:海边山岭。

③ 天门:"天宫"之门。

④ 诀荡,即"诀荡荡",开阔清朗。《汉书·礼乐志》:"天门开,诀荡荡。"

⑤ 蓬瀛:蓬莱和瀛洲,神山名。此谓仙境。

攀桂①天高,忆八百孤寒②,到此莫忘修士④苦;
煎茶地胜,看五千文字,个中谁是谪仙人④。

——清·林则徐

【注】① 攀桂:喻科举登第。

② 八百孤寒:众多的寒士。孤寒,指贫寒之人;八百,形容其多。

③ 修士:有道德修养的人,操行高洁之人。《韩非子·孤愤》:"人臣之欲得官者,其修士且以精絜固身,其智士且以治辩进业。"

④ 谪仙人:谪居世间的仙人。常用以称誉才学优异的人。

矮屋①静无哗,听食叶蚕声②,敢忘当年辛苦;
文星光有耀,看凌云骥足,相期他日勋名。

——清·陈文恭

【注】① 矮屋:低矮的小屋,比喻科场考棚。

② 食叶蚕声:形容考生答卷时书写的声音如同桑蚕食叶的声音。

冠五六邑之区,开广厦养士①尊贤,自今伊始;
扶九万程②而上,愿群材立名③砥行,与古为徒。

——清·徐敬

【注】① 养士:谓收罗、供养贤才。

② 扶九万程:语出《庄子·逍遥游》:"抟扶摇而上者九万里。"

③ 立名:树立名声。

化雨①无私,忆往岁踏雪来游,曾话春风一席;
摩云②有志,愿诸生凌霄③直上,勿忘灯火三更。

——清·陶澍

【注】① 化雨:长养万物的时雨。比喻循循善诱,潜移默化的教育。《孟子·尽心上》:"君子之所以教者五:有如时雨化之者,有成德者,有达财者,有答问者,有私淑艾者。"
② 摩天:形容极高。喻高远的志向。
③ 凌霄:即"凌云"。直上云霄。

宰相①须读书人,请业执经②,即他日立朝③地步;
秀才以天下任,正心诚意④,在当初入学工夫。

【注】① 宰相:《韩非子·显学》:"明主之吏,宰相必起于州部,猛将必发于卒伍。"本为掌握政权的大官的泛称。后来用以指历代辅助皇帝、统领群僚、总揽政务的最高行政长官。
② 请业:向人请教学业。执经,手持经书,谓从师受业。
③ 立朝:指在朝为官。
④ 正心诚意:儒家提倡的一种内心道德修养,谓使心术正,意念诚。语出《礼记·大学》:"欲正其心者,先诚其意,欲诚其意者,先致其知,致知在格物。"

一堂聚四海名贤,气节文章,俱自身心着力;
多士食百年旧德,读书尚友,须从伦物①立根。

——清·胡慎

【注】① 伦物:人伦物理。指人之常情;事物的常理。

道自寓津梁①,须知教泽②长流,不外敦伦饬纪③;
学何分汉宋,要得圣经实用,非关摘句寻章。

【注】① 津梁:比喻能起桥梁作用的人或事物。
② 教泽:教化或教育的恩泽。
③ 敦伦:谓敦睦人伦。饬纪,整饬纪纲。

已阅五百载劫尘①,树木树人②,幸此日克寻坠绪③;
虽非千万间广厦,一弦一诵,愿诸生无负名山。

——清·朱庆镛

【注】① 劫尘:凡尘;人世。
② 树木树人:即"十年树木,百年树人。"谓培植树木需要十年,培育人才需要百年。喻培养人才不易,须作长久之计。《管子·权修》:"一年之计,莫如树谷;十年之计,莫如树木;终身之计,莫如树人。"
③ 坠绪:指中断了的儒家道统。

闻使君讲院新开,说礼敦诗,名相风流推后起;
愿诸生贤关①早辟,读书论道②,大儒③理学有真传。

——清·费耕亭

【注】① 贤关:进入仕途的门径。语出《汉书·董仲舒传》:"太学者,贤士之所关也,教化之本源也。"
② 论道:议论,阐明道理。
③ 大儒:儒学大师。

无狂放气①,无道学气②,无名士风流气,方称儒者;
有诵读声,有纺织声,有小儿啼哭声,才算人家。

【注】① 狂放气:任性放荡。
② 道学气:形容为人处事迂腐,拘泥于礼法。

入校如探山,欲往最上层一游,须得登峰造极①;
求学似观海,能从至深处着想,不难竟委穷源。

【注】① 登峰造极:喻造诣达到极高的境界。

远必自迩,高必自卑,为学在进行,不为中道①所阻;
德成而上,艺成而下,读书皆有用,要凭全力以求。

【注】① 中道:半途;中途。《论语·雍也》:"力不足者,中道而废。"

过苦年,苦年过,过年苦,苦过年,年去年来今变古;
读书好,书好读,读好书,书读好,书田书舍子而孙。

孔子道何道,曰一以贯之,多学而识识此,忠恕而行行此;
孔子学何学,曰圣与仁是,时习之①悦悦斯,朋来之乐乐斯。

——明·管志道

【注】① 时习之:经常温习。《论语·学而》:"学而时习之,不亦说乎。"一说,按时温习。

最难我辈少年时,莫放余闲,好料量①秋冬干戈,春夏籥乐②;
此是古人读书处,且寻芳躅③,须记取司马论史,公羊传经。

【注】① 料量:估计;猜度。
② 籥乐:一种古管乐器。《礼记·文王世子》:"春夏学干戈,秋冬学羽籥。"孔颖达疏:"籥,笛也。"
③ 芳躅:指前贤的踪迹。

同学尽知名士①,不远数千里而来,讲贯切磋②,实为两粤英才渊薮③;
置身作何等人,愿阅二三子之志,文章勋业,须用六经根柢④工夫。

【注】① 名士:旧时指以学术诗文等著称的知名士人。《吕氏春秋·尊师》:"由此为天下名士显人,以终其寿。"
② 讲贯:犹讲习。《国语·鲁语下》:"昼而讲贯,夕而习复。"韦昭注:"贯,习也。"切磋,比喻道德学问方面相互研讨勉励。
③ 英才:出众的才智,才智出众的人。渊薮,聚集。
④ 根柢:比喻事物的根基。

两字仰奎章①，二百年雅化②作人，幸于今偃武修文③，依旧重华日月；

万松留讲院，东西浙英才乐育，愿多士读书经世④，增光有美湖山。

——清·马新贻

【注】① 奎章：泛指杰出的书法或文章。
② 雅化：谓趋于文雅、高雅。此谓纯正的教化。
③ 偃武修文：停息武备、修明文教。《书·武成》："乃偃武修文。"
④ 经世：治理国事。

修 养 联

人之有善①；
若己有之。

【注】① 人之句：谓看到别人的长处和成就，感觉自己也应该具备这些长处，要向别人学习，而不应该嫉妒别人。

为善最乐；
作德①日休。

【注】① 作德：即"作善"。谓多做善事。

与时俯仰①；
从俗浮沉②。

【注】① 俯仰：低头与抬头。即"俯仰无愧"。谓立身端正，上对天，下对人，都问心无愧。语出《孟子·尽心上》："仰不愧于天，俯不怍于人。"
② 浮沉：喻升降、盛衰、得失。

不攻人短①；
莫矜己长②。

【注】① 不攻人短：谓不要攻击、夸大别人的短处。
② 莫矜己长：谓不要夸耀自己的本领与长处。矜，向人夸耀。

事理①通达；
心气②平和。

【注】① 事理：事物的道理。语出《管子》："慎观终始，审察事理。"

② 心气:即"心情"。

境由心造①;
事在人为②。

【注】① 心造:佛教语。谓世间一切境遇,都是一种主观的想象。现指环境的美好与恶劣是由心境的快乐与否而决定的。
② 事在人为:比喻在一定条件下,事情的成功全在于人的努力。

瞻前顾后①;
慎始图终②。

【注】① 瞻前顾后:谓兼顾前后,形容处事周到,做事谨慎。
② 慎始图终:谓处理任何事情,从一开始就要小心谨慎,要做到有头有尾。

澹泊①明志;
宁静致远。

【注】① 澹泊:恬淡寡欲。三国·蜀·诸葛亮《诫子书》:"非澹泊无以明志,非宁静无以致远。"

云水风度①;
松柏精神。

【注】① 风度:指人的言谈举止和潇洒的仪态。

言为人表;
礼①是身基。

【注】① 礼:社会生活中由于风俗习惯而形成的行为准则、道德规范和各种礼节。

心贞昆玉①;
志烈秋霜②。

【注】① 昆玉:昆仑山所产的美玉。多用以比喻个人品德的高洁。
② 志烈秋霜:比喻威势盛大,志像秋霜一样威严。

水满则溢;

月盈则亏①。

【注】① 月盈则亏:谓月圆则缺。比喻事物发展到极点则开始衰退。

有容①乃大;

无欲②则刚。

【注】① 有容:有所包含;宽宏大量。《书·君陈》:"有容德乃大。"孔传:"有所包容,德乃为大。"
② 欲:贪欲;情欲。

光明正大①;

朴诚②坚贞。

【注】① 光明正大:谓言论明确而不偏颇。后指胸怀坦白,不搞阴谋。
② 朴诚:诚恳朴实。朴,本性;本质;原本。

刚毅①多略;

文雅②少畴。

【注】① 刚毅:刚强果断。《礼记·中庸》:"发强刚毅,足以有执也。"
② 文雅:温文尔雅,讲礼仪而不粗鄙。

松筠雅操①;

铁石深衷。

【注】① 松筠:即"松筠之节"。谓松与竹材质坚韧,岁寒不凋,因以"松筠之节"比喻坚贞的节操。筠,竹。雅操,高尚的操守。《晋书·山涛传》:"足下在事清明,雅操迈时。"

抱素①怀朴；

安性约身②。

【注】① 抱素：保持纯朴的本质。语出《汉书·礼乐志》："易乱除邪,革正异俗,兆民反本,抱素怀朴。"

② 约身：约束自身。

忠信①难克；

坚贞不移。

【注】① 忠信：忠诚信实。《易·乾》："君子进德修业,忠信所以进德也。"

秉心①真实；

矢口②贞诚。

【注】① 秉心：持心。《汉书·楚元王传》："论议正直,秉心有常。"

② 矢口：犹开口,随口。常表示不用思索,或敏捷。

威武不屈①；

贫贱难移。

【注】① 威武不屈：谓权势不能使之屈服。语出《孟子·滕文公下》："富贵不能淫,贫贱不能移,威武不能屈,此之谓大丈夫。"

笃礼崇义①；

抱淑守真②。

【注】① 笃礼崇义：即"崇礼笃义"。谓尊崇礼仪。《礼记·中庸》："温故而知新,敦厚以崇礼。"笃义,重情义。

② 守真：保持真元；保持本性。语出《庄子·渔父》："慎守其真,还以物与人,则无所累矣。"

智含渊薮①；

洁如圭璋②。

【注】① 渊薮:渊,鱼聚之处;薮,兽聚之处。泛指人和事物集聚的地方。《书·武成》:"今商王受无道,暴殄天物,害虐烝民,为天下逋逃主,萃渊薮。"
② 洁如圭璋:比喻一个人的品行高尚。

愿闻己过;
求通民情①。

【注】① 民情:民众的生活、生产,风尚习俗等情况。

宁可玉碎;
不为瓦全①。

【注】① 瓦全:谓苟且偷生。语出《北齐书·元景安传》:"大丈夫宁可玉碎,不能瓦全。"

勤能补拙;
俭以养廉①。

【注】① 养廉:培养并保持廉洁的美德。

澡身浴德①;
矩步规行②。

【注】① 澡身浴德:谓修养身心,使之高洁。《礼记·儒行》:"儒有澡身而浴德。"孔颖达疏:"澡身,谓能澡洁其身不染浊也;浴德,谓沐浴于德以德自清也。"
② 矩步规行:端方合度的行步姿态。形容举动合乎规矩,一丝不苟。

养天地正气①;
法古今完人②。

【注】① 正气:指光明正大的作风或纯正良好的风气。《淮南子·诠言训》:"君子行正气,小人行邪气。内便于性,外合于义,循理而动,不系于物者,正气也。推于滋味,淫于声色,发于喜怒,不顾后患者,邪气也。"
② 完人:指德行完美的人。

道义①无今古；

功名有是非。

——宋·陆游

【注】① 道义：道德义理。《汉纪·高祖纪一》："夫立典有五志焉：一曰达道义，二曰彰法式，三曰通古今，四曰著功勋，五曰表贤能。"

不息①身方健；

无私心自宽。

【注】① 不息：不停止。《易·乾》："天行健，君子以自强不息。"

格①超梅以上；

品②在竹之间。

【注】① 格：品格；格调。
② 品：品性；品格。

高怀①同霁月①；

雅量②洽春风。

【注】① 高怀：大志；高尚的情怀。霁月，明月。
② 雅量：宏大的气度。

习静①心方泰；

无机②性自闲。

【注】① 习静：谓习养静寂的心性。亦指过幽静的生活。
② 无机：任其自然，没有心计。

守道①不封己①；

择交②如求师。

【注】① 守道：遵守封建伦理的常道。封己，厚己。

② 择交:选择朋友。

有忍乃有济①；
无爱故无忧②。

【注】① 有忍乃有济:能忍耐,事业才能成功。语出《书·君陈》:"必有忍,其乃有济。"济,成功;成就。

② 无爱故无忧:谓对于世间万事万物不要过于偏爱,就不会有失落和烦恼。

涵养①须用敬；
进学在致知②。

【注】① 涵养:指道德、学问等方面的修养。

② 进学:使学业有进步。《礼记·学记》:"善待问者如撞钟,叩之以小者则小鸣,叩之以大者则大鸣,待其从容,然后尽其声。不善答问者反此。此皆进学之道也。"致知,儒家哲学用语。《礼记·大学》:"致知在格物。"历代儒家学者对此有不同的解释。郑玄认为"致知"是使人"知善恶吉凶之所终始"。

爱作近情①事；
勿存过分②心。

【注】① 近情:合乎情理,合乎人情。

② 过分:超过一定的程度或限度。

雅量涵高远；
清言①见古今。

——清·丁宝桢

【注】① 清言:高雅的言论。

志与秋霜洁；
心随朗月高。

当遵纪模范；
做守法公民。

惟勤能补拙①；
尚俭②可成廉。

【注】① 勤能补拙：谓勤奋能够弥补笨拙。
② 尚俭：崇尚节俭。

栽培心上地①；
涵养性中天②。

【注】① 心上地：即"心地"。佛教用语，指心。即谓思想、意念等。宋以后儒家用以称心性存养。
② 性中天：即"性天"。谓人的善恶得之于自然的本性。

行修①而名立；
理得则心安②。

【注】① 行修：即"修行"，谓修身实践。《淮南子·诠言训》："君子修行而使善无名。"
② 理得则心安：即"心安理得"。谓事情处理得合理，心里感觉自然舒适。

把酒①知今是②；
观书悟昨非③。

【注】① 把酒：手持酒杯。此谓饮酒。
②③ 今是昨非：语出晋·陶潜《归去来兮辞》："实迷途其未远，觉今是而昨非。"

至人①无异趣；
静者得长生②。

【注】① 至人：道德修养达到最高境界的人。《庄子·逍遥游》："至人无己，神人无功，圣人无名。"

② 长生:寿命很长。《老子》:"天地所以能长且久者,以其不自生,故能长生。"

不生躁妄①气;

自有清虚②天。

【注】① 躁妄:急躁轻率。

② 清虚:清静虚无。此谓道家无为而治的理念。

虚心成大器①;

劲节②见奇才。

【注】① 虚心:谦虚,不自满。《庄子·渔父》:"〔孔子〕曰:'丘少而修学,以至于今,六十九岁矣,无所得闻至教,敢不虚心!'"大器,大才。《管子·小匡》:"管仲者,天下之贤人也,大器也。"

② 劲节:坚贞不屈的节操。

著述①须老后;

积勤②宜少时。

【注】① 著述:撰写文章;著书立说。古有"著书忌早"之说。

② 积勤:积劳,积功。谓年轻时应刻苦用功学习。

人无信①不立;

天有日方明。

【注】① 信:诚实不欺。《论语·学而》:"为人谋而不忠乎? 与朋友交而不信乎?"

己过勿惮改①;

未然②当先思。

【注】① 己过勿惮改:自己有了过失就应该立即改正。惮,怕,畏惧。

② 未然:还没有成为事实。

文品①清时贵；

功名晚节②难。

【注】① 文品：文章的格调。

② 晚节：晚年的节操。

失意休气馁①；

得势②莫猖狂。

【注】① 失意：不遂心，不得志。《汉书·盖宽饶传》："宽饶自以行清能高，有益于国，而为凡庸所越，愈失意不快。"气馁，谓失去信心与勇气。

② 得势：取得权势。

礼貌风流美；

文明大雅①存。

【注】① 文明：谓治教化。大雅，称德高而有大才的人。

有志肝胆壮①；

无私天地宽。

【注】① 肝胆：比喻勇气和血性。肝胆壮，比喻有信心，有力量。

守分①身无辱；

知机心自闲。

【注】① 守分：安守本分。

守身为大节①；

寡欲②是全功。

【注】① 守身：保持品德和节操。大节，高远宏大的志节。

② 寡欲：节制欲望；欲望少。《老子》："见素抱朴，少私寡欲。"

时危见臣节①；

世乱识忠良。

【注】① 臣节：人臣的节操。语出南朝·鲍照《代出自蓟北门行》诗。

弃燕雀小志①；

慕鸿鹄高翔。

【注】① 燕雀小志：即"燕雀安知鸿鹄之志"。比喻庸俗的人不能理解志向远大者的抱负。

改过如芟草①；

怡情②好养花。

【注】① 芟草：即除去杂草。芟，除草。
② 怡情：即"怡情悦性"，比喻心情愉悦舒畅。

事业由凡始；

道德在躬行①。

【注】① 躬行：亲身实行。《论语·述而》："躬行君子，则吾未之有得。"

知命①真君子；

安贫古达人②。

【注】① 知命：谓懂得事物生灭变化都由天命决定的道理。《易·系辞上》："乐天知命，故不忧。"
② 安贫：即"安贫乐道"。谓安于清贫，以追求圣贤之道为乐。是古代儒家所提倡的立身处世的态度。达人，豁达豪放的人。

修身如执玉①；

种德胜遗金②。

【注】① 修身：陶冶身心，涵养德性。儒家以修身为教育八条目之一。执玉，手捧玉器。

② 种德:犹布德,施恩德于人。《书·大禹谟》:"皋陶迈种德,德乃降,黎民怀之。"孔传:"迈,行;种,布。"遗金,谓留给子孙以黄金。

各勉日新①志;
共证岁寒心②。

——蔡元培

【注】① 日新:日日更新。《易·系辞上》:"富有之谓大业,日新之谓盛德。"
② 岁寒心:喻坚贞不屈的节操。宋·文天祥《至扬州》诗:"折节从今交国士,死生一片岁寒心。"

世事①有常有变;
英雄能屈能伸。

【注】① 世事:时事;世上的事。《商君书·更法》:"虑世事之变,讨正法之本,求使民之道。"

行止①无愧天地;
褒贬②自有春秋。

【注】① 行止:犹言一举一动。
② 褒贬:好与坏,批评与表扬。

戒骄风清月朗①;
除躁海阔天空②。

【注】① 戒骄:即"戒骄戒躁"。警惕产生骄傲和急躁的情绪。风清月朗,比喻品性高洁。
② 海阔天空:形容空间广阔。

恢恢①有君子度;
汪汪若万顷波②。

【注】① 恢恢:宽宏大度貌。《荀子·非十二子》:"恢恢然,广广然,昭昭然,荡荡然,

是父兄之容也。"

② 汪汪：深广貌；广阔貌。晋·陶潜《感士不遇赋》："山嶷嶷而怀影，川汪汪而藏声。"此联出自南朝·宋·刘义庆《世说新语·德行》："（黄）叔度汪汪如万顷之陂，澄之不清，扰之不浊，其器深广，难测量也。"

满招损，谦受益①；
勤补拙，俭养廉。

【注】① 满招损，谦受益：谓自满招致损失，谦虚得到益处。《书·大禹谟》："满招损，谦受益，时乃天道。"

少言不生闲气①；
静修可致永年②。

【注】① 闲气：因无关紧要的事惹起的气恼。
② 静修：平和地调养。永年，长寿。

述事感怀①之作；
引今稽古②为文。

【注】① 感怀：有感于胸，有所感触。
② 稽古：谓考察古事作为借鉴。

仁者安，知者利①；
视其以，观其由②。

【注】① 仁者安，知者利：谓志士仁人，都应该安贫乐道。《礼记·表记》："仁者安仁，知者利仁，畏罪者强仁。"
② "视其"句：语出《论语·为政》："视其所以，观其所由，察其所安。"谓交朋结友时，要注意对方的品德。

有恒①可以入圣；
无欲然后得刚。

【注】① 有恒：即办事要有恒心，能够坚持，则事业必定能成功。《论语·述而》："善人，吾不得而见之矣；得见有恒者，斯可矣。"

知者乐，仁者①寿；
鄙夫宽，薄夫敦②。

【注】① 仁者：有德行的人。《左传·定公四年》："《诗》曰：柔亦不茹，刚亦不吐。不侮矜寡，不畏强御。"
② 鄙夫：鄙陋浅薄之人。《孟子·万章下》："故闻柳下惠之风者，鄙夫宽，薄夫敦。"薄夫，浅薄轻浮的人。

深则厉，浅则揭①；
近者悦，远者来②。

【注】①"深则"句：语出《诗·邶风·匏有苦叶》："深则厉，浅则揭。"连衣涉水叫厉，提起衣裳涉水叫揭。后因以"厉揭"比喻影响深浅不同。
②"近者"句：即"近悦远来"。谓近居的悦服，远处的人慕化而来，形容政治清明，远近归附。语出《论语·子路》。

言必信，行必果①；
视思明，听思聪②。

【注】①"言必信"句：谓说话一定要守信用，做事一定要果敢。语出《论语·子路》。
②"视思明"句：语出《荀子·劝学》："目不能两视而明，耳不能两听而聪。"谓多听多看，可以使人明白事理。

礼之用，和为贵①；
德不孤②，必有邻。

【注】① 礼之用，和为贵：语出《论语·学而》："子曰：'礼之用，和为贵。'"杨树达注："和，今言适合，恰到好处。"
② 德不孤：语出《论语·里仁》："子曰：'德不孤，必有邻。'"何晏集解："方以类聚，同志相求，故必有邻，是以不孤。"

养心^①莫善寡欲；
至乐^②无如读书。

【注】① 养心：修养心神。
② 至乐：最大的快乐。《庄子·至乐》："至乐无乐，至誉无誉。"

澹怀^①风清月朗；
雅量^②海阔天空。

【注】① 澹怀：使内心恬淡寡欲。
② 雅量：宏大的气度。亦指气度宏大。

浮名^①一瞬即逝；
高论^②千古不磨。

【注】① 浮名：即"虚名"。与实际不符的声誉。
② 高论：见解高明的议论。常用以称对方言论的敬辞。

放怀^①于天地外；
得气^②在山水间。

【注】① 放怀：开怀，放宽心怀。
② 得气：谓适合节气，时令。

静坐当思己过；
闲谈莫论人非。

节^①比真金铄石；
心如秋月春云。

【注】① 节：气节；节操。《论语·泰伯》："曾子曰：'可以托六尺之孤，可以寄百里之命，临大节而不可夺也。君子人与？君子人也。'"

凡事总求过得去；
此心①先要放平来。

【注】① 此心：平心。使心情平和；态度公正。

松间明月长如此；
身外浮云①何足论。

【注】① 浮云：谓世事变幻无常，瞬间即逝。

计利①当计天下利；
求名应求万世名。

【注】① 计利：即"计功谋利"。计较功名，谋求私利。

特立独行①有如此；
进德修业②须及时。

【注】① 特立独行：谓志行高洁，不随波逐流。《礼记·儒行》："世治不轻，世乱不沮；同弗与，异弗非也。其特立独行有如此者。"
② 进德修业：谓增进道德与建立功业。《易·乾》："君子进德修业。"孔颖达疏："德谓德行，业谓功业，九三所以终日乾乾者，欲进益道德，修营功业，故终日乾乾匪懈也。"

知人其难九德①贵；
闻过则喜百世师②。

【注】① 九德：古谓贤人所具备的九种优良品格。
② 百世师：谓人的品德学问永远为后代的表率。语出《孟子·尽心下》："圣人，百世之师也。"

功名盖世不矜伐①；
道德积身惟敬诚②。

【注】① 矜伐:恃才争功。
　　② 敬诚:恭敬诚恳。

世道①每逢谦处好；
人情常在忍中全②。

【注】① 世道:指纷纭万变的社会状态和社会现象。
　　② 人情:即"人情世故",此句意谓在处理人与人的关系时,持宽容忍让的心态,去包容别人,有时也不得不委屈以求全。

世本无先觉①之验；
人贵有自知之明②。

【注】① 先觉:事先认识觉察。《论语·宪问》:"不逆诈,不亿不信,抑亦先觉者,是贤乎!"又谓觉悟早于常人的人。
　　② 自知之明:能正确认识自己,了解自己的长处和短处。

利人时出平情①语；
修己②常存改过心。

【注】① 平情:公允而不偏于感情的话。
　　② 修己:自我修养。

持身①勿使白璧玷；
立志直与青云②齐。

【注】① 持身:立身;修身。
　　② 青云:指"青云志"。喻指远大的志向。

效梅傲霜休傲友；
学竹虚心莫虚情①。

【注】① 虚情:即"虚情假意。"用虚假的情意待人。

一人知己①亦已足；
毕生自修②无尽期。

【注】① 知己：彼此相知而情谊深切的人。唐·王勃《送杜少府之任蜀州》诗："海内存知己，天涯若比邻。"
② 自修：修养自己的德性。《礼记·大学》："如琢如磨者，自修也。"

无求便是安心法①；
不饱真为却病方。

【注】① 无求：即没有任何非分之想和一些无端的要求。安心，安定平和的心情。联文的意思是：知足常乐，随遇而安。

士要成功须定力①；
学无止境在虚心②。

【注】① 定力：指处变和把握自己的意志力。士，谓成年男子。
② 虚心：谦虚。《庄子·渔父》："(孔子)曰：'丘少而修学，以至于今，六十九岁矣，无所得闻至教，敢不虚心。'"

月无贫富家家有；
燕不炎凉岁岁来。

闲从世外观今古；
懒向人间问是非。

知多世事胸襟阔①；
阅尽人情眼界②宽。

【注】① 世事：时事；世上的事。《商君书·更法》："虑世事之变，讨正法之本，求使民之道。"胸襟，指心情、志趣、抱负等。
② 眼界：目力所及的范围。引申为见识的广度。

无情未必真豪杰；
有度方为大丈夫。

不羞老圃秋容①淡；
且看黄花晚节香。

【注】① 秋容:秋天的景色。

水惟善下能成海；
山不争高自极天①。

【注】① 极天:至天;达于天,形容高大无比。唐·杜甫《秋兴》诗:"关塞极天唯鸟道,江湖满地一渔翁。"

无不可过去之事①；
有自然相知②之人。

【注】① 无不可过去之事:世界上所发生的事,随着时光的流逝,时事的变迁都会成为过去。
② 相知:互相了解,知心。

立身①苦被浮名累；
涉世无如本色②难。

【注】① 立身:处世,为人。《孝经·开宗明义》:"立身行道,扬名于后世,以显父母,孝之终也。"
② 涉世:经历世事。本色,本来面目。

知足①是人生一乐；
无为②得天地自然。

【注】① 知足:谓自知满足,不作过分的企求。《老子》:"知足不辱,知止不殆,可以长久。"

② 无为：道家主张顺应自然，不求有所作为而使国家得到治理。《淮南子·说山训》："人无为则治，有为则伤。"

每逢大事有静气①；
不信身旁无高才②。

【注】① 静气：宁静的气氛。
② 高才：谓才智过人之人。

抑烦制怒长生①道；
善让能容处世②方。

【注】① 抑烦制怒：谓保持自己的情绪，无论发生什么事，都以平常心处之。长生，长久生存，永不衰老。
② 处世：生活在人世间。引申指参与政治或社会活动。

忍一言①风平浪静；
退②半步海阔天空。

【注】① 忍一言：俗语谓少说一句。忍，抑制，克制。《荀子·儒效》："志忍私，然后能公；行忍情性，然后能修。"
② 退：退让，谦虚。

居身①知足心常乐；
遇事善容意自平。

【注】① 居身：犹安身；立身处世。

名美尚欣闻过友①；
业高不废等身书②。

【注】① 名美：美好的声誉或名称。闻过友，指闻过则喜的好朋友；勇于接受批评和善意帮助他人的友人。
② 等身书：本谓与身高相等的一段卷子，后人遂指叠起来与身高相等的书籍，

形容读书之多。

使我开怀①惟夜月；
令人深省是晨钟②。

【注】① 开怀：放开胸怀，推诚相待，虚心听取意见。
② 晨钟：清晨的钟声。唐·杜甫《游龙门奉先寺》诗："欲觉闻晨钟，令人发深省。"

修身岂为名传世①；
做事惟思利及人。

【注】① 传世：留传于后世。《荀子·君道》："守职循业，不敢损益，可传世也。"

读书养气①十年足；
扫地焚香一事无。

【注】① 养气：保养元气，涵养正气。《孟子·公孙丑上》："我善养吾浩然之气。"

自是清高无俗尚①；
从来文雅②即风流。

【注】① 俗尚：世俗的风尚。
② 文雅：即"温文尔雅"。谓仪表端庄，讲礼仪而不粗俗。

度①是春风常长物；
心如秋水不染尘。

【注】① 度：气量。

庭前广种虚心竹①；
院里休栽带刺花②。

【注】① 虚心竹：竹本空心，空者，虚也。此联以物状人，谓为人处事以虚心谨慎为佳。

② 带刺花:民间有"多栽花少栽刺"之说。此联意为以多结交朋友,少得罪人为好。

能受天磨真铁汉①;

不遭人忌是庸才②。

【注】① 铁汉:谓铁骨铮铮,坚强不屈的男子汉。
② 庸才:即"庸材"。指才能平庸,智慧低下的人。《汉书·薛宣传》:"任重职大,非庸材所能堪。"

成名每在穷居①日;

败事多因得意②时。

【注】① 穷居:谓隐居不仕。
② 得意:犹得志。《管子·小匡》:"管仲者,天下之贤人也,大器也。在楚,则楚得意于天下;在晋,则晋得意于天下;在狄,则狄得意于天下。"

读能明达①耕能富;

成自谦虚败自骄。

【注】① 明达:对事理有明确透彻的认识。

行不得反求诸己①;

躬自厚薄责于人②。

【注】① 反求诸己:谓反躬自问,遇到问题应从自己方面找原因。《孟子·公孙丑上》:"射者正己而后发,发而不中,不怨胜己者,反求诸己而已矣。"
② 薄责于人:用低标准来要求别人。语出《论语·卫灵公》:"躬自厚而薄责于人,则远怨矣。"

芳林①新叶催陈叶;

流水前波让后波。

【注】① 芳林:春天的树林。泛指丛林。新叶催陈叶,谓新陈代谢,一代一代绵延相

传的自然规则。

岁月[1]莫从闲里过；
成功须向勤中求。

【注】[1] 岁月：年月，泛指时间。

思其艰而图其易[1]；
言有物而行有恒[2]。

【注】[1] 图其易：必须先难而后才能得易，俗语有"先难后易"之说。
[2] 言有物而行有恒：恒，谓恒心，做任何事都要能够持之以恒，不能一日暴，十日寒。

知足乃为真富贵；
吃亏方占大便宜。

精神到处文章老；
学问深时意气平。

练达人情皆学问[1]；
洞明世故即经纶[2]。

【注】[1] "练达"句：谓阅历丰富，通晓世故人情，是一门很深的学问。
[2] 洞明：通晓，明了。经纶，指治理国家的抱负和才能。

大丈夫自然直爽；
真豪杰断不粗疏。

只要眼前无俗韵[1]；
不妨身后有清名。

【注】① 俗韵:鄙俗的情味。

立身卓尔①青松操;

挺志铿然白璧②姿。

【注】① 卓尔:即"卓尔不群"。谓超出常人。
② 白璧:即"白璧无瑕。"比喻品德完美。也比喻女子坚贞自守。

老骥伏枥①千里志;

短锥处囊②半寸锋。

【注】① 老骥伏枥:谓有志之士,虽年老而仍有雄心壮志。语出三国·魏·曹操《步出夏门行》:"老骥伏枥,志在千里。烈士暮年,壮心不已。"
② 短锥处囊:即"锥处囊中"。比喻有才智的人终能显露头角。语出《史记·平原君虞卿列传》:"夫贤士之处世也,譬若锥之处囊中,其末立见。"

行事莫将天理①错;

立身当与古人争。

【注】① 行事:办事,从事。天理,天道,自然法则。《庄子·天运》:"夫至乐者,先应之以人事,顺之以天理。"

居心中正①明如镜;

接物宽和②蔼若春。

【注】① 居心:心地;存心。南朝·宋·刘义庆《世说新语·言语》:"卿居心不净,乃复强欲滓秽太清邪?"中正,正直;中直。
② 接物:谓与人交往。宽和,宽厚谦和。

居安思危介节见①;

积疑得悟清光来②。

【注】① 居安思危:谓处于安宁的环境中,要想到可能出现的危难。《左传·襄公十一年》:"《书》曰:'居安思危。'思则有备,有备无患。"介节,刚直不随流俗的节操。

② 积疑:多年的疑惑。清光,清亮的光辉。

室有芝兰①气味别;
胸无城府②天地宽。

【注】① 芝兰:芷和兰。皆香草。《孔子家语》:"芝兰生于深林,不以无人而不芳。"
② 城府:城池和府库。比喻人的心机。

除却私欲①终世乐;
洗尽邪念②满身轻。

【注】① 私欲:个人的欲望。《左传·昭公十三年》:"私欲不违,民无怨心。"
② 邪念:不正当的念头。

陶情①不出琴书外;
遣兴②多在山水间。

【注】① 陶情:怡悦情性。
② 遣兴:抒发情怀,解闷散心。唐·杜甫《可惜》诗:"宽心应是酒,遣兴莫过诗。"

教子教孙须教义;
积善积德胜积钱。

欲除烦恼须无我;
想求康乐莫贪心。

欲知世味①须尝胆;
不识人情②且卧薪③。

【注】① 世味:指功名宦情。
② 人情:即"人情世故"。为人处世的道理。

中国教化楹联精选·人事篇

③ 卧薪:即"卧薪尝胆",春秋时,越王勾践战败,谋求复国的故事。

阅透人情知纸薄;
踏穿世路觉山平。

水能性淡为吾友;
竹解心虚是我师。

事以利人皆德业①;
言能益世即文章。

——清·魏源

【注】① 德业:德行与功业。

人间清品①如荷极;
学者虚怀②与竹同。

【注】① 清品:犹上品。
② 虚怀:即"虚怀若谷"。形容非常虚心,心胸开阔。

文章最忌随人后;
道德无多只本心。

——宋·黄庭坚

廉不言贫,勤不言苦;
尊其所闻①,行其所知。

【注】① 尊其所闻:谓实践其所得到的认识。清·曾国藩《送唐先生南归序》:"博求万物之理,以尊闻而行知。"

静以养性,俭以树德[1];
入则笃行[2],出则友贤。

【注】[1] 树德:施行德政;立德。汉·刘向《说苑·至公》:"孔子闻之曰:'善为吏者树德,不善为吏者树怨。'"
[2] 笃行:切实履行;专心实行。《礼记·儒行》:"儒有博学而不穷,笃行而不倦。"

天开长乐[1],维勤与俭;
人到恒春,谨身慎言[2]。

【注】[1] 长乐:永久快乐。《韩非子·功名》:"以尊主御忠臣,则长乐生而功名成。"
[2] 谨身慎言:即"谨言慎行"。说话小心,行动谨慎。

于世俗[1]中,见本来面;
处家庭内,无利己心。

【注】[1] 世俗:指当时社会的风俗习惯。

大器晚成[1],少安勿躁;
急流勇退[2],小住为佳。

【注】[1] 大器晚成:谓贵重器物需要长时间才能完成。常比喻大才之人成就往往较晚。《老子》:"大器晚成,大音希声。"
[2] 急流勇退:比喻在官场最得意时就隐退以明哲保身。

清以自修[1],诚以自勉;
敬而不怠[2],满而不盈。

【注】[1] 自修:修养自己的德性。《礼记·大学》:"如琢如磨者,自修也。"
[2] 敬而不怠:既慎重而又不怠惰。

学问详明,德性[1]坚定;
事理[2]通达,心气平和。

【注】① 德性:指人的自然至诚之性。《礼记·中庸》:"故君子尊德性而道问学。"
② 事理:事物的道理。《管子·版法解》:"慎观终始,审察事理。"

静以修身,廉以养德①;
勤则不匮②,敏则有功。

【注】① 养德:修养无为而治的德性。亦泛指修养品性。
② 不匮:不缺乏。匮,穷尽,空乏。

大智若愚①,不失其智;
大愚若智,益见其愚。

【注】① 大智若愚:即"大智大愚"。谓才智极高的人,不炫耀自己,表面上看起来很愚笨。宋·苏轼《贺欧阳少师致仕启》:"大勇若怯,大智如愚。"

得意淡然①,失意泰然②;
长则扬之,短则补之。

【注】① 淡然:谓淡泊,以平常心来对待身边所发生的一切。
② 泰然:即"泰然自若"。对得失不以为意,神情如常,形容临事从容镇定。

道合天人①,无用之用;
心有权度②,不平以平。

【注】① 天人:指有道之人。《庄子·天下》:"不离于宗,谓之天人。"
② 权度:权衡度量。《管子·君臣上》:"权度不一,则修义者惑。"

和气迎人,正气接物;
浩气临事,静气①养身。

【注】① 静气:意气平和。清·魏源《默觚下·治篇十三》:"静气迎人,人不得而眂之。"

融异①为同，化小为大；
行之以渐，持之以恒。

【注】① 融异：使不同的观点归于一致。

刚人易怒，悔于事后①；
柔者善思，利在行前。

【注】① 刚人：刚直，性情暴躁的人。此联意为在遇到一些无可奈何的事情时容易发怒，但事后，冷静下来又有些后悔。

心平气和，千祥骈集①；
意粗性躁，一事无成。

【注】① 千祥骈集：谓各方面的好消息都聚集在一起。

礼节①乐和，风人②所得；
日光玉洁，君子之晖。

【注】① 礼节：礼仪规矩。《礼记·儒行》："礼节者，仁之貌也。"
② 风人：指古代采集民歌风俗等以观民风的官员。

竹柏旷怀①，心神共远；
智仁雅乐②，山水同深。

【注】① 旷怀：豁达的襟怀。
② 雅乐：儒家认为其音乐"中正和平"，歌词"典雅纯正。"

行道①有福，能勤有继；
居安思危，在约思纯。

【注】① 行道：实践自己的主张或所学。《孝经·开宗明义》："立身行道，扬名于后世，以显父母，孝之终也。"

护体面①不如重廉耻②；
求医药莫若养性情。

【注】① 体面：面子；名誉。

② 廉耻：廉洁知耻。《淮南子·泰族训》："民无廉耻，不可治也。非修礼义，廉耻不立。"

秉心①惟常，行为士表；
立言②不朽，象与天谈。

【注】① 秉心：持心。《汉书·楚元王传》："论议正直，秉心有常。"

② 立言：指著书立说。《左传·襄公二十四年》："大上有立德，其次有立功，其次有立言，虽久不废，此之谓不朽。"

学为儒宗①，行为士表；
冠乎群彦②，简乎圣心。

【注】① 儒宗：儒者的宗师。汉以后亦泛指读书人所宗仰的学者。

② 群彦：众英才。

洁比春冰，清侔秋露①；
坚同白玉，直似朱绳②。

【注】① 秋露：秋日的露水。

② 朱绳：红色的帘绳。

清气①若兰，虚怀②若竹；
乐情③在水，静趣在山。

【注】① 清气：天空中清明之气。引申为光明正大之气。

② 虚怀：谦逊虚心。

③ 乐情：犹消遣。

薄味养气①,守清养道;
寡交②为慎,立志为贞。

【注】① 养气:保养元气;涵养本有的正气。
② 寡交:与人交往少。《管子·戒》:"寡交多亲,谓之知人。"

考古酌今①,审时度势;
通中法外②,舍短取长。

【注】① 考古酌今:即"酌古斟今"谓斟酌古今之事,互相参照。
② 通中法外:融通中外。

益智①有珠,比德于玉;
学古为镜,平理若衡②。

【注】① 益智:亦作"益知",增益智慧。
② 平理:谓公平处理;治理有序。衡,准则;标准。

居以志养,仕以禄养;
德为人师①,学为经师②。

【注】① 人师:指德行学问等各方面可以为人表率的人。《荀子·儒效》:"四海之内若一家,通达之属莫不从服,夫是之为人师。"
② 经师:泛指传授经书的大师或师长。

纲举目张①,兴尔家室;
行端言谨,益我身心。

【注】① 纲举目张:谓撒网时,举起网上的大绳,所有网眼都张开。比喻抓住主要环节,以带动其余;或抓住要领,条理分明。

明月清风,足以乐矣;
德行①文学,兼而有之。

【注】① 德行:道德品行。《易·节》:"君子以制数度,议德行。"孔颖达疏:"德行,谓人才堪任之优劣。"

见义则为[①],锄其德色[②];
当仁不让,养此心苗[③]

【注】① 见义则为:亦作"见义必为""见义当为"。谓看到正义的事情就该去做。
② 锄:铲除。德色,自以为对人有恩德而表现出来的神色。
③ 心苗:心,内心。

扶正驱邪,当仁不让[①];
助人忘我,见义勇为。

【注】① 当仁不让:指遇到应该做的事主动去做,绝不推诿。《论语·卫灵公》:"当仁,不让于师。"朱熹集注:"当仁,以仁为己任也;虽师亦无所逊。言当勇往而必为也。"

有毅力,有耐心,万般有望;
无信心,无恒心,一事无成。

浮躁[①]一分,到处便招忧悔;
因循[②]二字,从来误尽英雄。

【注】① 浮躁:轻浮急躁。
② 因循:疏懒;怠情;闲散。

见落花飞絮,莫愁春老色褪;
仰翠竹苍松,当效节亮风高[①]。

【注】① 节亮风高:即"高风亮节"。犹言高风峻节,谓高尚坚贞的风骨节操。

士大夫爱钱,书香化为铜臭;
亲弟兄析箸[①],璧合[②]变成瓜分。

【注】① 析箸:谓分家。箸,筷子。清·方文《寄怀齐方壶》诗:"可怜半载丧二亲,弟兄析箸家酷贫。"

② 璧合:两璧相合。比喻美好的事物或人才结合在一起。常与"珠联璧合"连用。

> 修德①用十分功,自然神安梦稳;
> 做事退一步想,无不心平气和。

【注】① 修德:修养德行。

> 读书即未成名,究竟人高品雅①;
> 修德不期获报,自然梦稳心安。

【注】① 人高品雅:即人品高雅。

> 醴泉①无源,芝草②无根,人贵自立;
> 流水不腐,户枢不蠹③,民生在勤。

【注】① 醴泉:甜美的泉水。

② 芝草:菌类植物,生于枯木上,古以为瑞草。

③ 流水不腐,户枢不蠹:谓流动的水不会腐臭,经常转动的门轴不会被虫蛀。比喻经常运动的事物,不易受外物的侵蚀。

> 富贵眼前花,早开也好,迟开也好;
> 银钱身外物,有又何妨,无又何妨。

> 存心①要耐得烦,安乐都从忧患始;
> 遇事务②见其大,吃亏恒占便宜多。

——清·江湘岚

【注】① 存心:存心养性。谓保存本心,养育正性。《孟子·尽心上》:"存其心,养其性,所以事天也。"

② 务:必须;一定。

君子修道①立德,不以穷困而改节;
芝兰生于深山,不以无人而不芳。

【注】① 修道:犹行道,谓实践某种原则或思想。此指学习实行宗教教义。北齐·颜之推《颜氏家训·归心》:"一人修道,济度几许苍生?免脱几身罪累?幸熟思之!"

才要真爱,名要略爱,总之己要自爱①;
天不可欺,君不敢欺,实于心不忍欺。

——清·姚颐

【注】① 自爱:自己爱护自己;自重。《老子》:"是以圣人自知不自见,自爱不自贵。"

开口便笑,笑古笑今,凡事付之一笑;
大肚能容,容天容地,与己何所不容。

平居寡欲①养身,临大节则达生委命②;
治家量入为出,干好事则仗义轻财。

【注】① 平居:平日;平素。《战国策·齐策五》:"此夫差平居而谋王,强大而喜先天下之祸也。"寡欲,节制欲望;欲望少。《老子》:"见素抱朴,少私寡欲。"
② 大节:关系存亡安危的大事。《论语·泰伯》:"临大节而不可夺也。"何晏集解:"大节,安国家,定社稷。"达生委命,指参透人生,不受世事牵累的处世态度。语出北齐·颜之推《颜氏家训·勉学》:"素怯懦者,欲其观古人之达生委命,强毅正直,立言必信,求福不回,勃然奋励,不可恐慑也。"

吃苦是良图,做苦事,用苦心,费苦劲,苦境终成乐境;
偷闲非善策,说闲话,好闲游,做闲事,闲人就是废人。

处 世 联

君子无逸①；
民生②在勤。

【注】① 君子：泛指才德出众的人。无逸，不贪图安逸。《书·无逸》："呜呼，君子所其无逸。"
② 民生：民众的生计、生活。《左传·宣公十二年》："民生在勤，勤则不匮。"

居仁由义①；
履中蹈和②。

【注】① 居仁由义：内心存仁，行事循义。《孟子·尽心上》："居仁由义，大人之事备矣。"
② 履中：躬行中庸之道。汉·刘向《说苑·修文》："彼舜以匹夫，积正合仁，履中行善，而卒以兴。"蹈和，遵循谦和之道。

见利思义①；
安土敦仁②。

【注】① 见利思义：看到利益，想到道义。谓以道义为重。《论语·宪问》："见利思义，见危授命，久要不忘平生之言，亦可以为成人矣！"
② 敦仁：仁厚。语出《易·系辞上》："安土敦乎仁，故能爱。"

防微杜渐①；
遗大投艰②。

【注】① 防微杜渐：在错误或坏事刚萌芽时，就加以制止，不使其发展。
② 遗大投艰：谓赋予重大艰难之任。《书·大诰》："予造天役，遗大投艰于朕身。"

中国教化楹联精选·人事篇

权衡轻重①；
斟酌②是非。

【注】① 权衡轻重：称量物体的轻与重。比喻比较事物的主次，考虑得失等。《周书·王褒庾信传论》："权衡轻重，斟酌古今，和而能壮，丽而能典，焕乎若五色之成章，纷乎犹八音之繁会。"

② 斟酌：犹思忖；思量。倒酒不满曰斟，太过曰酌，贵适其中。故凡事须反复认真考虑，择善而定。

与时俯仰①；
从俗浮沉。

【注】① 俯仰：即"俯仰随人"。一切举动都听由别人支配。

独任①成乱；
偏听②生奸。

【注】① 独任：犹专任。独自信用；独自承担。
② 偏听：听信一面之词。语出汉·邹阳《狱中上梁王书》："故偏听成奸，独任成乱。"

知足常乐；
无欺自安。

饥食首阳薇①；
渴饮易水②流。

——晋·陶渊明

【注】① 饥食首阳薇：首阳，山名。相传为伯夷、叔齐采薇隐居处。《论语·季氏》："伯夷、叔齐饿于首阳之下，民到于今称之。"
② 易水：水名。在河北省西部。荆轲入秦行刺秦王，燕太子丹饯别于此。

中国教化楹联精选·人事篇

处事无机事；
随缘结善缘①。

——明·李开先

【注】① 随缘：顺应机缘；任其自然。

慷慨谈世事①；
卓荦②观群书。

——清·齐彦槐

【注】① 慷慨：即"慷慨陈词"。情绪激昂地发表言论，陈述自己的意见。世事，时事，世上的事。
② 卓荦：超绝出众。

筑台须垒土；
成屋必诛茅①。

【注】① 诛茅：芟除茅草。引申为结庐安居。

见贤若不及①；
从谏如顺流②。

【注】① 见贤若不及：即"见贤思齐"。看到德才兼备的人，就想向他学习，和他一样。《论语·里仁》："子曰：'见贤思齐焉，见不贤而内自省也。'"
② 从谏如顺流：谓听从善意的规劝，就像水从高处流下一样顺畅。形容乐意接受别人意见。

读书能见道①；
入世②不求名。

【注】① 道：政治主张或思想体系。《论语·卫灵公》："道不同，不相为谋。"
② 入世：投身社会。

219

终身争一息①；
每事必三思②。

【注】① 一息：一呼一息，比喻极短的时间。
② 三思：再三思考，然后行动。

升高必自下①；
谨始慎其终②。

【注】① 升高：即"升迁"。谓升官。
② 谨始慎其终：谓自始至终都谨言慎行，毫不懈怠。

绝苟且①之友；
怀检点②之心。

【注】① 苟且：只顾眼前，得过且过。
② 检点：约束；慎重。

达人知止足①；
志士②多苦心。

——清·赵藩

【注】① 达人：通达事理的人。止足，谓凡事知止知足，不要贪得无厌。语出《老子》："知足不辱，知止不殆，可以长久。"
② 志士：有远大志向的人。

事可对人语；
心常如水平①。

——宋·洪咨夔

【注】① 水平：谓水面平静，比喻心地平和，与世无争。

功高成怨府①；
权盛是危机②。

——宋·王迈

【注】① 怨府:众怨归聚之所。《史记·赵世家》:"毋为怨府,毋为祸梯。"
② 危机:潜伏的祸害或危险。

　　名利淡如水;
　　事业重于山。

　　轻诺①者信必寡;
　　面誉者背必非②。

【注】① 轻诺:谓随便承诺,到时不能实现,个人的信誉就会受到很大的影响。
② "面誉"句:语出《庄子·盗跖》:"且吾闻之,好面誉之人者,亦好背而毁之。"

　　言必信①,行必果;
　　色思温,貌思恭。

【注】① 言必信,行必果:说话一定要遵守信用,做事一定要果敢。语出《论语·子路》。

　　良药苦口①益病;
　　忠言逆耳利行。

【注】① 良药苦口:好药往往味苦难吃,比喻忠言逆耳。

　　性定会心①自远;
　　身闲乐事偏多。

———清·傅山

【注】① 会心:领悟;领会。

　　人岂虚生①此世;
　　事无不合于时②。

【注】① 虚生:徒然活着,白活。

② 不合于时：即"不合时宜"。不符合时势和趋尚。

万两黄金易得；
一个知己①难寻。

【注】① 知己：谓了解，赏识自己的人。《史记·刺客列传》："士为知己者死，女为悦己者容。"

开诚心，布公道①；
集众思②，广益群。

【注】①"开诚心"句：语出《三国志·蜀书·诸葛亮传论》："诸葛亮之为相国也……开诚心，布公道。"后用"开诚布公"谓推诚相待，坦白无私。
② 集众思：语出三国·蜀·诸葛亮《教与军师长史参军掾属》："夫参署者，集众思，广忠益也。"

不为无益之事；
以遣有涯之生①。

——清·项鸿祚

【注】① 遣：发送，打发。以遣有涯之生，谓消磨、打发有限的生命。

九思①尤贵事言谨；
一介②深知取与难。

【注】① 九思：《论语·季氏》："君子有九思：视思明，听思聪，色思温，貌思恭，言思忠，事思敬，疑思问，忿思难，见得思义。"后泛指反复思考。
② 一介：指微小的事物。《孟子·万章上》："非其义也，非其道也，一介不以与人，一介不以取诸人。"

多福集于大度①者；
成功率在小心②人。

【注】① 大度：胸怀开阔，气量宽宏。

② 小心：即"小心谨慎"。谓说话、做事非常慎重。

人情①阅尽浮云厚；

世事经过蜀道平。

【注】① 人情：人之常情。指世间约定俗成的事理标准。

人心不足蛇吞象①；

世事难防螳捕蝉②。

【注】① 人心不足蛇吞象：比喻人的贪心与不满足，就像蛇想吞食大象一样。

② 螳捕蝉：即"螳螂捕蝉，黄雀在后。"比喻目光短浅，只见眼前利益而不顾后患。汉·刘向《说苑·正谏》："园中有树，其上有蝉，蝉高居、悲鸣、饮露，不知螳螂在其后也。螳螂委身曲附，欲取蝉，而不知黄雀在其傍也。"

功业须当垂永久；

行藏①争不要分明。

【注】① 行藏：指出处或行止。语出《论语·述而》："用之则行，舍之则藏。"

当失意时真长进①；

应非常事贵和平。

【注】① 长进：上进。在学问、技艺，品行等方面有所进步。此句谓从失意和失败中得到教训，增加了知识和应变的能力。

忌我安知非赏识；

欺人到底不英雄。

事到从容能合度①；

路当逼侧②敢依人。

——清·何绍基

【注】① 从容:悠闲舒缓,不慌不忙。合度,适宜。
② 逼侧:即"逼仄",迫近;相迫。

男子须顶天立地;
昔人懔后乐先忧。

——清·吴恭亨

世事洞明莫玩世①;
人情练达②应助人。

【注】① 洞明:通晓;明了。玩世,以不严肃的态度对待现实生活。
② 练达:谓阅历丰富,通晓世故人情。

尚友行藏难并论;
衡才①今古不同时。

【注】① 衡才:谓铨选人才。

忠言逆耳思三复;
凡事于心策万全①。

【注】① 策万全:即"万全之策"。即万无一失之良方。

利名罔计真奇士①;
宠辱不惊是解人②。

【注】① 利名:名利。奇士,非常之士。德行或才智出众的人。
② 宠辱不惊:受宠受辱都无动于衷。将得失置之于度外。解人,见事高明,通解理趣的人。

止谤①须从自修起;
求知多为勤学来。

【注】① 止谤:止息谤言。《三国志·魏书·王昶传》:"救寒莫如重裘,止谤莫如自修。"

人生惟有廉节①重;
世界须凭骨气②撑。

【注】① 廉节:清廉有节操。《荀子·君道》:"贪利者退,而廉节者起。"
② 骨气:犹气概;志气。

为有才华翻蕴藉①;
每从朴实见风流。

——清·汤金钊

【注】① 才华:才美之表现于外者,多指文才。蕴藉,宽厚而有涵养。

虚己①只知求我益;
坦怀②不厌受人欺。

——清·晏仲鼎

【注】① 虚己:犹虚心。
② 坦怀:开诚相见;敞开胸怀。谓胸怀坦荡。

无瑕人品清于玉;
不俗文章淡似仙。

——清·陈希曾

酒常知节①狂言少;
心不能清乱梦多。

——清·方正澍

【注】① 知节:知道节制。

中国教化楹联精选·人事篇

不自满人方有济；
太孤高者孰相亲。

充海阔天高之量；
养先忧后乐之心。

——明·任环

正修齐平，是谓知本；
诚著明①动，乃能化邦。

——清·俞樾

【注】① 著明：显明。《新唐书·陈子昂传》："臣观祸乱之动，天人之际，先师之说，昭然著明，不可欺也。"

实事求是，真正智慧；
弄虚作假，并非聪明。

当过关斩将①开拓者；
做审时度势②明白人。

【注】① 过关斩将：即"过五关斩六将。"三国时关羽为曹操俘获。羽虽降曹，但心念旧主，听说刘备在河北，即离曹而去，一路上闯过五关，斩杀六员曹将，终在古城与刘备相会。后用以比喻经历艰难险阻，克服重重困难。
② 审时度势：分析形势，估计其发展趋向。

直①不犯祸，和不害义，
宽以待人，严以责身。

【注】① 直：公平正直。《韩非子·解老》："所谓直者，义必公正，公心不偏党也。"

中国教化楹联精选·人事篇

身无半文,心忧天下;
书破万卷,神交古人。

——清·左宗棠

温恭①为基,孝友为德;
礼乐是悦,诗书是敦。

【注】① 温恭:温和恭敬。

罔谈彼短①,我亦有短;
靡恃己长②,人各有长。

——清·俞樾

【注】①② 此两句出自《千字文》,意即不要谈论别人的短处,不可夸耀自己的长处。

行所当行①,不为已甚;
慎之又慎②,未敢即安。

——清·百龄

【注】① 行所当行:谓有益的事或应当做的事,应尽心去做。
② 慎之又慎:谓特别慎重。

大处着眼,小处着手;
群居守口①,独居守心②。

——清·曾国藩

【注】① 守口:即"守口如瓶"。形容说话谨慎,不容易随便出言。
② 守心:坚守节操之心。

可责人时,尚宜平气①;
于忘形处,还须慎言。

【注】① "可责人"句:谓指责或处罚别人时候,必须心平气和。

中国教化楹联精选·人事篇

须知天伦①中有真乐；
勿谓世界上无好人。

——钟荣光

【注】① 天伦:即"天伦之乐"。家庭中亲人团聚的欢乐。

大量容人①,小心处事；
正身率物②,屈己③为群。

——黄炎培

【注】① 容人:谓待人宽厚。
② 正身:端正自身;修身。率物,做众人的榜样。
③ 屈己:委屈自己。

努力从公①,任劳任怨；
淑身②涉世,有守有为。

【注】① 从公:办理公务;参与公事。
② 淑身:以善修身。

甘言如毒,苦言如药①；
昼坐惜阴,夜坐惜灯。

【注】① 甘言:好听的话。《史记·商君列传》:"苦言,药也,甘言,疾也。"

交满四海,乐通人善；
胸罗万卷①,不矜其才②。

——清·李宝淦

【注】① 胸罗万卷:语出明·胡应麟《少宝山房笔丛·华阳博议上》:"彼皆目下十行,胸罗万卷,旁蒐广撷,集厥大成,名世之称,良非袭取。"谓抱有广博的知识、才能或远大的理想、抱负。
② 不矜其才:不夸耀自己的才华。矜,自夸;自恃。

盛德①若愚,细行②不失;
为善最乐,读书便佳。

——清·吴荣光

【注】① 盛德:品德高尚。《史记·老子韩非列传》:"良贾深藏若虚,君子盛德,容貌若愚。"
② 细行:小节;小事。

甘守清贫,力行克己①;
厌观流俗②,奋勉修身。

——清·孙玉庭

【注】① 克己:谓克制私欲,严于律己。
② 流俗:社会上流行的风俗习惯。多含贬义。

行而不舍,若骥千里①;
纳无所穷,如海百川②。

——清·冯煦

【注】① 行而不舍:指出处或行止。语出《论语·述而》:"用之则行,舍之则藏。"此谓一个人做事要像骏马跑千里长路一样锲而不舍。
② 如海百川:喻容受量大。

交友须带三分侠气①;
做人要存一点素心②。

——明·洪应明

【注】① 侠气:见义勇为的气概。
② 素心:本心;素愿。

一生不做暧昧之事①;
诸君毋以笑貌②为恭。

——清·李双甫

【注】① 暧昧之事:不光明的;不便公之于众的事。
② 笑貌:犹笑容,笑颜。

世事让三分,天宽地阔;
心田培一点,子种孙收。

心术①不可得罪于天地;
言行②要留好样与儿孙。

——明·袁崇焕

【注】① 心术:指人认识事物的方法和途径。《管子·七法》:"实也、诚也、厚也、施也、度也、恕也,谓之心术。"
② 言行:言语和行动。

心平气和①,逢事不着急;
身正嘴稳,到处好安身。

【注】① 心平气和:心情不急躁,态度温和。

乐做社会信息传播者;
勇当时代观念更新人。

无情无理,莫动心上火①;
说长说短,只当耳边风②。

——清·左桢

【注】① 心上火:指内心的激动或愤怒等情绪。
② 耳边风:耳边吹过的风。比喻过耳即逝,不放在心上的话。

见兔而顾犬,未为晚也;
亡羊而补牢,未为迟也①。

【注】① 联文大意为看见了兔子,唤狗去追,还不算晚;羊丢失了,而修栏,还不算迟。谓在工作,生活中有了过失,须及时修正,以防止类似事件的发生。语出《战国策·楚策四》。

居家①以孝友,勤俭为本;
处世循谦和,忠恕②而行。

【注】① 居家:指在家的日常生活。
② 忠恕:儒家的一种道德规范。忠,谓尽心为人;恕,谓推己及人。《论语·里仁》:"夫子之道,忠恕而已矣。"朱熹集注:"尽己之谓忠,推己之谓恕。"

勤劳节俭,乃治家①上策;
礼貌谦让,为处世良规。

【注】① 治家:持家;管理家事。《韩非子·解老》:"治家,无用之物不能动其计,则资有馀。"

能读万卷书,气象①远矣;
作退一步思,身心泰然②。

【注】① 气象:指诗文字画的气韵和风格。
② 泰然:安然。形容心情安定。

不体物情①,一生俱成梦境;
好言人过,举足尽是危机。

【注】① 物情:物理人情;世情。

莫对失意①人,而谈得意事;
从来有名士,不取无名钱。

——清·陶顺甫

【注】① 失意:不遂心;不得志。

覆平地若危,涉风波①无患;
对青天而惧,闻雷霆②不惊。

【注】① 风波:比喻纠纷或乱子。
② 雷霆:震雷;霹雳。

子孙虽愚,书文①不可不读;
同志虽远,处事②不可不诚。

【注】① 书文:书籍。
② 处事:办事。

做个好人,心正身安魂梦稳;
行些善事,天知地鉴鬼神钦。

惜食惜衣,非为惜财缘惜福;
求名求利,但须求己莫求人。

好人多自苦中来,莫图便宜①;
凡事皆缘忙里错,且更从容②。

【注】① 便宜:好处。
② 从容:悠闲舒缓,不慌不忙。

此世一枰棋,总要成功后著;
人情三峡水,当为砥柱中流。

丹心一颗,千金哪比人格贵;
清风两袖,万贯不移品行贞。

学无先后，白发同青丝①共勉；
志有因果，春华与秋实相辉。

【注】① 青丝：喻指黑发。唐·李白《将进酒》诗："君不见高堂明镜悲白发，朝如青丝暮成雪。"

知事①晓事不多事，太平无事；
忍人让人不欺人，方可为人②。

【注】① 知事：通晓事理；懂事。《荀子·大略》："主道知人，臣道知事。"
② 为人：做人处事接物。

百尺高梧①，撑得起一轮明月；
数椽②矮屋，锁不住午夜书声。

【注】① 梧：屋梁上的斜柱。此谓高大的建筑。
② 数椽：数间。此谓简陋的茅舍。

丈夫当死中图生，祸中求福；
古人有困而修德，穷而著书。

——清·曾国藩

考古证今，致用①要关天下事；
先忧后乐，存心②须在秀才时。

——清·李彦章

【注】① 致用：尽其所用。后用作付诸实用之意。如：学以致用。
② 存心：犹居心。谓心里怀有的意念。《孟子·离娄下》："君子所以异于人者，以其存心也。"赵岐注："存，在也。君子之在心者，仁与礼也。"

战战兢兢①，即生时不忘地狱；
坦坦荡荡②，虽逆境亦畅天怀。

——清·曾国藩

【注】① 战战兢兢：畏惧谨慎貌。战战，恐也；兢兢，戒也。
② 坦荡：《论语·述而》："君子坦荡荡，小人长戚戚。"何晏集解引郑玄曰："坦荡荡，宽广貌。"后以"坦荡"形容胸襟开朗，心地纯洁。

　　反己修齐，学圣贤谋尽在我；
　　由人毁誉，看天地何所不容。

　　事在人为，休言万般都是命；
　　境由心造，退后一步自然宽。

　　大丈夫行事，论是非不认利害；
　　真君子为人，图万世不图一生。

　　损人有过，轻人失礼，助人高尚；
　　败业可耻，守业无能，创业光荣。

　　开口说轻生①，临大节决然②规避；
　　逢人称知己，即深交究竟平常。
　　　　　　　　　　　　　——宋·陈抟

【注】① 轻生：即"轻身重义"。谓轻视生命而为正义事业牺牲。
② 决然：一定；必然。

　　无贪心，无私心，心存清白真快乐；
　　不寻事，不怕事，事留余地自逍遥。

　　遇小故辄避嫌疑①，岂是腹心②之寄；
　　处大事不辞劳怨，堪为栋梁之材。
　　　　　　　　　　　　　——宋·陈抟

【注】① 辄避嫌疑：谓不要胡乱猜疑。

② 腹心：犹言至诚之心。《史记·淮阴侯列传》："臣愿披腹心，输肝胆，效愚计，恐足下不能用也。"

责人重而责己轻，弗与同谋共事；
功归人而过归己，尽堪救患①扶灾。

——宋·陈抟

【注】① 救患：救解祸患；救济患难。《淮南子·人间训》："人皆务于救患之备，而莫能知使患无生。"

不打通义利①关头，且莫轻言学问；
能参透圣贤语脉②，还须实力躬行③。

——清·邹应华

【注】① 义：谓符合正义或道德规范。《论语·述而》："不义而富且贵，于我如浮云。"利，利己。

② 参透：犹参破。透彻的领悟。圣贤，圣人和贤人的合称。亦泛指道德才智杰出者。语脉，语言的脉络；文理。宋·朱弁《曲洧旧闻》卷三："王临川语脉与南丰绝不相类。"

③ 躬行：亲身实行。《论语·述而》："躬行君子，则吾未之有得。"

一心履薄临深①，畏天之鉴，畏神之格；
两眼沐日浴月②，由静而明，由敬而强。

——清·曾国藩

【注】① 履薄临深：《诗·小雅·小旻》："战战兢兢，如临深渊，如履薄冰。"后以"履薄临深"比喻身处险境，必须十分谨慎。

② 沐日浴月：谓受日月光华的润泽。传说禹登南岳，获金简玉字之书，有文曰："祝融司方发其英，沐日浴月百宝生。"

中国教化楹联精选·人事篇

攻玉以石①，洗金以盐，当知取长弃短；
甘井近竭，直木近伐，所贵匿采韬光。

——清·李石冰

【注】① 攻玉以石：语出《诗·小雅·鹤鸣》："它山之石，可以攻玉。"朱熹集传："两玉相磨，不可以成器，以石磨之，然后玉之为器。"谓加工璞，要借用它山之石。后用来比喻以人之长，治己之短。

何必读尽圣贤书，能全孝友①，便是实学②；
纵然周知天下事，不识进退，总是愚人。

【注】① 孝友：对父母孝顺，对兄弟友爱，《诗·小雅·六月》："侯谁在矣，张仲孝友。"毛传："善父母为孝，善兄弟为友。"
② 实学：切实有用的学问。

小人亦有好处，不可恶其人并没其是；
君子亦有过失，不可好其人并饰其非。

鹰虽有翼，不穿云破雾①，难有高翔之志；
铁虽坚硬，不千锤百炼，难为刀剑之锋。

【注】① 穿云破雾：谓穿透雾气直冲九霄。形容志向之高远。

著书忌早，处世忌扰，立朝①忌巧，居室忌好；
制行②欲方，行事③欲圆，存心欲拙，作文欲华。

——清·林庆铨

【注】① 立朝：指在朝廷为官。
② 制行：指德行。
③ 行事：办事；从事。

思立揭地掀天①之事功，须向薄冰上履过；
欲为精金美玉②的人品，定从烈火中锻来。

【注】① 揭地掀天:犹言"翻天覆地。"
② 精金美玉:比喻纯洁完美的人或事物。宋·苏轼《答黄鲁直书》之一:"轼笑曰:'此人如精金美玉,不即人而人即之,将逃名而不可得,何以我称扬为?'"

希圣①、希贤、希天,此等地位,岂肯让他人做去;
立言、立功、立德,这般事业,还须属自己担当②。

【注】① 希圣:效法圣人;仰慕圣人。宋·周敦颐《通书·志学》:"圣希天,贤希圣,士希贤。"
② 担当:敢于承担责任。

人谁无过,小事糊涂,大事不糊涂,是亦足矣;
我非爱财,来得明白,去得更明白,吾何慊①乎。

——周凤楞

【注】① 慊:不满足;遗憾。

到盛怒①时少缓须臾②,俟心气和平省却无穷烦恼;
处极难事静思原委③,待精神专注自然有个权衡④。

【注】① 盛怒:大怒。
② 须臾:片刻,短时间。《荀子·劝学》:"吾尝终日而思矣,不知须臾之所学也。"
③ 原委:事物的始末;先后顺序。引申为原因,缘由。
④ 权衡:评量;比较。南朝·梁·刘勰《文心雕龙·熔裁》:"权衡损益,斟酌浓淡。"

读圣贤书,岂徒寻章摘句①,须将践履②工夫,尽此人道;
处世间事,何必布恩掠美③,只要本分做去,求个天知。

【注】① 寻章摘句:搜求,摘取片断词句。指读书或写作只注意文字的推求。唐·李贺《南园》诗之六:"寻章摘句老雕虫,晓月当帘挂玉弓。"
② 践履:实行;实践。

③ 布恩:即"布施"。指施舍给人的财物或恩惠。掠美,夺人之美为己有。

立品如岩上松,必历千百载风霜,方可柱明堂而成大厦;
俭身若璞中玉,经磨数十番沙石,乃堪琢玉玺以宝庙廊。

职业原无贵贱,只要安心务正①,就是他剃头唱戏缝衣裳,不算低下;
品格应分高下,若是任意胡来,那怕你做官为宦做皇帝,照样肮脏。

【注】① 务正:从事正道或正当职业。

人人论功名,功有实功,名有实名。存一点掩耳盗铃之私心,终为无益;
官官称父母,父必真父,母必真母,做几件悬羊卖狗①的假事,总不相干。

【注】① 悬羊卖狗:即"挂羊头卖狗肉。"比喻用好的名义做幌子,实际上名不符实或做坏事。